# いまこそ「小松左京」を読み直す

宮崎哲弥 Miyazaki Tetsuya



NHK出版新書
629

いまこそ「小松左京」を読み直す　目次

# はじめに　戦後日本SFとは何だったのか——小松左京を通じて

小松左京という名前を聞いて、多くの人々の脳裡に浮かぶのはまず『日本沈没』『復活の日』ではないでしょうか。日本と世界とが未曾有の災厄に見舞われ、滅亡の淵に追い遣られてしまう二つの物語は衝撃性、規模の巨大さ、リアリティで読者を圧倒しました。

前者は上下巻合わせて四百六十万部にも及ぶ大ベストセラーとなり、四度映像化され、少なくともタイトルを知らない者はいないというほど広く知れわたったのです。

未知のウイルスのパンデミックによる人類と多くの脊椎動物の死滅を描いた『復活の日』は、似たアイディアに基づくバイオ・パニックものの古典、マイケル・クライトンの『アンドロメダ病原体』に五年先んじる一九六四年に出版されました。しかしクライトンの小説は、強い緊張感を孕《はら》みながらサスペンスフルに展開していく傑作ではあるものの、作品の規模、文明論的な深度などからみて『復活の日』を超える作品ではありませんでした。

『復活の日』は小松作品としてはごく初期のものであり、同じ一九六四年発表の『日本アパッチ族』とともに、小松ＳＦの豊饒《ほうじょう》な世界がここに始まる、といっても過言ではありません。

日本ＳＦの流れに多少なりとも詳しい人であれば、小松が星新一や筒井康隆と並んで「ＳＦ御三家」と呼ばれ、戦後のＳＦ界の基礎を築き、その可能性を大きく押し広げる偉業を成し遂げた人物であることをご存じでしょう。

『日本沈没』については第3章で解題、論評しますが、その構想のスケールの大きさ、道具立てのリアルさ、そして物語の背景にある問題意識の深さにはなお瞠目すべきものがあり、発刊から四十五年以上を経た今日でも少しも古色を帯びていません。

『日本沈没』は戦後ＳＦ最大のベストセラーになりました。高度経済成長に陰りがみえはじめた時代状況に後押しされたという要素も無視できませんが、何といってもこれが単なる「近未来小説」とは違って、ＳＦの強みが遺憾なく発揮された作品であったがために、多くの読者を得たといえるでしょう。

そもそもＳＦとは何でしょうか。この問いに対しては、単純に「サイエンス・フィクション、即《すなわ》ち空想科学小説」などという通り一遍の訳語を示すだけではすまない「定義し難《がた》さ」について語らねばなりません。

仮にSFのSが「サイエンス」の略だとしても、この「サイエンス」とは一意に自然科学を指すのでしょうか。世の通念ではそうかもしれません。しかし多くのSFの書き手、熱心な読み手はこの「定義」におそらく満足しないでしょう。そこで「サイエンス」を「合理的に体系化された諸学」、即ち近代以降の自然科学、社会科学、人文（科）学の総体を示すと解釈し、SFとはその総体を題材とする小説である、と看做《みな》すならば、かなり満足水準に近づくかもしれません。

けれどもまだ十全には程遠い。それではまだ、SFの根源的な批判性や自在性を表し尽くせていないように思えるからです。あえていえばSFは、その組織化され、テリトリー化された学知の根拠、「合理性」や「体系性」に批判的です。あるいはそれらを支える「近代性」や「知性それ自体」を異化し、相対化できるのです。今日のSFが「トランスサイエンス」の領野、つまり「サイエンス」が未だ答えを出せない問題域に入っているといわれるのはこうした理由からです。

あるいはまた、「サイエンス」を体系化された諸学と捉え、SFはそれらを横断しながら進んでゆく「物語」であるとしても、その対象に人文（科）学が含まれていることから、それは哲学や宗教の範疇にある問題を、もっといえば人間の実存の問題（「私は『在《あ》る』のか」「私は何故《なにゆえ》にここにこうして在るのか」「私を在らしめているのは何か」「私達は何を求め、いずかたに往《ゆ》くのか」等）をも問うことができます。抽象的にも、具象的にも。

例えば宇宙や時空間の存在構造の解明は、自然科学の課題であると同時に宗教や哲学の主題であり続けてきました。『宇宙はなぜ哲学の問題になるのか』（伊藤邦武著、ちくまプリマー新書）という若年層向けの優れた哲学入門が上梓されていますが、この本の「あとがき」に「哲学の中心的な課題を『宇宙の中での人間の位置の探究』と見る見方」は非常にオーソドックスで、かつチャレンジングな考え方だ、とあります。それはとても正統で普遍的な志向でありながら、人なるものの限界を究めんとする野心的な志向でもあるというのです。

ただ哲学や宗教の宇宙論と自然科学のそれとが明解に異なるのは、前者の問題意識の中心には常に人間の実存がある点でしょう。宇宙の存在と人間の実存との間《あいだ》に何らかの関係はあるのか。それともまったく無関連なのか。かかる設題をめぐる思索は人にとって必然的であり、それ故、優れて文学的な営為でもあるはずです。

近年、科学的宇宙論において「人間原理《アンソロピック・プリンシプル》」という仮説が唱えられ、自然科学の視圏《しけん》にも人間存在を前提とした宇宙の描像が浮かび上がってきました。この「人間原理」については『虚無回廊』を取り上げる第5章で閑説します（二七二ページ）。

宗教や哲学が主題にしてきた宇宙や時空間についての問いを、文学が無視できるはずはありません。文学には、その問題構造の抽象性と具体性を「物語」によって架橋するという、他に類のない性能が備わっています。

第1章では、その例証として『地には平和を』等を挙げ、小松が自身の戦時や敗戦直後の生々しい体験を、物語を通じて、いかに普遍的、抽象的な問題に変換してみせたかを確かめます。

さらにSFは、科学技術や経済構造などの大域的変動と超ミクロな個の実存感との関連や無関連（疎外）を、物語として描き出すことができる。この類《たぐ》い稀《まれ》な自在性こそがSFの真骨頂といえます。

小松左京はSFの自由さに当初から気付いていました。一九六三年秋に書かれた、宣言的文書『拝啓イワン・エフレーモフ様――『社会主義的SF論』に対する反論』には、当時としては非常に先鋭的なSF観が盛り込まれています。『アンドロメダ星雲』という長編で当時広く知られていたソビエト連邦の作家による硬直的な社会主義的SF観に対する論駁《ろんばく》のかたちを取りながら、これは、その後のSFの進程《しんてい》を予見するものでした。と同時にこの論考にはその後の、つまり六四年に本格的に開幕する小松左京のSFの設計思想《デザイン・フィロソフィー》が惜しげなく明かされており、その作品世界の格好の見取り図となっているのです。この実作家の手になる非常に重要な評論文は折に触れて紹介してゆきます。

宇宙の構造と人間、あるいは人間型知性のあり様《よう》、そして個の存在の意味を繋《つな》ぐ「物語」としてのSF。これは小松SFのメインストリームである、いわば〝宇宙構造探究系〟の作品に共通する根源的なテーマです（この系列にある主な作品、『果しなき流れの果に』『ゴルディアスの結び目』『虚無回廊』については第2章、4章、5章で重点的に紹介します）。

ここで私達はある逆説に突き当たります。自然科学をはじめ、先端的なテクノロジーや哲学、心理学、認知科学、言語学、論理学、社会学などを横断的に素材として取り込んできたSFが、機能としては古代から伝承されている神話や宗教的説話に近づいているという逆説です。

神話や説話、黙示文学、叙事詩（以下、「神話類」と総称する）の多くは、世界の起源、宇宙の開闢《かいびゃく》、そしてその終末を描き出しています。しかもそれは当然にも、往々にして、神などの超越的、外部的、あるいは形而上学的な存在の「御業《みわざ》」によると説かれた。そうして創造された世界（宇宙）において、個々、各私の生存の起源や由来、意味が定位される。「神話類」とは、このようにマクロな世界観からミクロな個々の生の意義までを一貫して基礎付け、総体的な世界構造を示唆する「大きな物語《グランド・ナラティヴ》」です。

ＳＦが「神話類」に近づいているといっても、「神の死んだ」現代において、古《いにしえ》の神話説話や中世の叙事詩がそのまま反復されるわけではもちろんありません。けれども、世界の存在理由、宇宙の存立構造を解き明かすことで個々の実存の意味を定める、という古来「神話類」が果たしてきた役割を、近現代において担ってきたのはＳＦなのです。

元来、広義の文学は神話説話や宗教叙事詩を含み、かかる機能性を具備《ぐび》していたのですが、近代文学の成立とともに「神話類」が駆逐されてしまいます。文学が言語による芸術であることが強調されるとともに、主題も専らミクロな個人の心理や情感、意思の描写に重きが置かれていきます。その個を取り巻く状況を描いても、せいぜい家族や社会、国家や政治といった世俗の目路《めじ》の限りに留まり、宇宙や地球全体、生命圏や全時空間といった「浮世離れ」した領域にまで説き及ぶことはまずなかった。前述の「宇宙の中での人間の位置の探究」という人間ならではの志向性は、文学のメインストリームから締め出されてしまったのです。

戦後文学でいうなら、埴谷雄高《はにやゆたか》の『死霊《しれい》』のような優れて思弁的な小説や、大江健三郎の神話性が濃密に立ちこめる幾つかの作品を例外として、主流派の文学は全宇宙の意味や知性の存在理由といった哲学的、宗教的な問いをなかなか主題化できませんでした。また、仮にそれら超越的、超巨視的な事象に書き及んだとしても、既存宗教の、細々と余喘《よぜん》を保っているリアリティに事寄せてする場合がほとんどで、アクチュアルな、主体的なテーマになることはありませんでした。

ちなみに小松が少年時代に最も影響を受けた文学作品がダンテのキリスト教叙事詩『神曲』であり、青年期には、埴谷の『死霊』に傾倒したというのは象徴的です。逆に読書欲が旺盛な時期にも自然主義文学や白樺派には「全く興味がなかった」と切り捨てています（『SF魂』新潮新書）。

小松は、大学時代の親友だった高橋和巳の編著に寄せた論考で、文学を近代以降の「小説」に限定してしまう一般的傾向に異を唱え、「神話類」、つまり民話、伝承、神話こそが文学の濫觴《らんしょう》（物事の始まり、起源）であると確論しています。また同論考で、その普遍的な視位から文学の文学たる所以（文学の文学性）とは何かを考察し、小説や戯曲の実作家でもあった哲学者、ジャン＝ポール・サルトルの「類同的代理物《アナロゴン》」*という概念を援用しながら、新たな定義を探り当てます。（「未来社会の文学」高橋和巳編『文学のすすめ』所収、筑摩書房）

「一般文学」の基底をなす「体験アナロゴン」を、思いきって乱暴に「ストーリイ性」とか「物語性」とか呼ぶとするならば、われわれの属する世界・われわれの生きる人生の中には、科学の形では絶対に表現・認識することのできない領域がある。つまり、文学の形でしか——その基底においては、物語、つまり時間の中に展開する体験流アナロゴンの形においてしかあらわにし、表現し、伝達し、認識することのできない領域がある、といえましょう。形相学的な立場からいえば、「物語・あるいは物語性とは、認識の一形式である」といっていいでしょう。（「未来社会の文学」前掲書所収）

つまり、近代において「神話類」が退場した後の文学上の空位を、「サイエンス」やテクノロジーのリアリティを用いながら占めていったのがSFだったのです。しかしながら

SFは、先にも述べたように「神話類」の単なる機能的代替物ではありません。「神なき時代」における神話の可能性を探り得ると同時に、まさにそのことを主題化するが故に、神話を求める志向そのものを徹底的に異化、相対化してしまうことも、またSFにおいてのみ可能なのです。即ち、現代において最も普遍的な現実認識の拠《よりどころ》とされている科学理論の裏面に、見方を変えれば一種の神話体系に過ぎぬのではないかという疑《ぎ》が張り付いている。こういったパラドキシカルな構造からSFの文学的異化性能が発揮されるとみてよいでしょう。

例えば小松左京の最重要な作品に、『ゴルディアスの結び目』という四部の中編から成る連作があります。この第一作、第二作については本書第4章で詳説しますが、最後の四作目『あなろぐ・らぶ――または、〝こすもごにあⅡ〟――』はまさに神話がテーマになっています。官能小説じみた性描写から始まる本作は、やがて、それが宇宙創生《コスモゴニア》を描いたテクストであることがわかります。これが〝記録〟なのか、それとも〝神話〟なのか、解釈問題が持ち上がる。そういう揺らぎのなかで神話の神話性も、科学の科学性も双方相対化され、脱構築されていくという手の込んだ趣向が仕掛けられています。この物語は誰とも判然としない登場人物の、アイロニーを孕んだ言葉で終わります。

「宇宙創造」の経過と瞬間は、われわれの科学でも、よくわかっていない。乏しい、拡散した事実をかき集め、できるだけ断片的な諸事実に矛盾しないような「仮説」を提出し、それを現在の宇宙状況に「投影」してみて、次々に発見されてくる新たな事実とも矛盾しないか、と、さらに検討をつづけている段階にすぎない。

今のところ、「神話的解釈」より、われわれのやってるやり方の方がちょっとチェックする範囲がひろく、方法が洗練されている、という事にすぎない。だから、この段階では、こういった、〝別宇宙〟の、途方もない〝比喩〟も面白い、と話していたんだ。――ちょっと愉快じゃないかね？　私たちの、この巨大な宇宙が、〝前宇宙〟の、「雌の腹」から、快楽の絶頂を通じて、うみ出されたってイメージは……。（『ゴルディアスの結び目』ハルキ文庫／角川文庫）

そもそも小松は本格的な実作に先立ち、このような方法的可能性を公開していました。前出の『拝啓イワン・エフレーモフ様』に、「ＳＦの視点にたてば、あらゆる形式の文学を、――神話、伝承、古典、通俗すべてのものを、相互に等価なものと見なすことができる。このことはやがて〈文学の文学性〉を、実体概念でなく、機能概念として見る見方に導く」と明記されています。この超然たるＳＦ論は、ＳＦをメタジャンル、スーパー・ジャンルと看做す今日の見立てを先取りしたものといえるでしょう。

ここにみられる設計思想が動機（モーティヴ）や意図と絡みながら、小松左京の実作にいかに反映しているのか。『地には平和を』『果しなき流れの果に』『日本沈没』『ゴルディアスの結び目』『虚無回廊』の五作を中心に据え、適時、関連する作品や論著にも言及しつつ、また作者のものの見方を培った生い立ちや来歴、時代背景も参照しながら、評説していきます。

なお本書は、二〇一九年七月にＮＨＫ Ｅテレで四回にわたって放送された『ＮＨＫ１００分de名著 小松左京スペシャル』用テキストが原型となっています。それを大幅に改稿し、新たに書き下ろした第2章を併せて収めたもので、番組とは独立した批評、論考として読者に供します。

また、本書においては、小松作品を詳密に読み解き、それに論評を加えるという内容の性質から、物語の細部、結末を明記しています。いわゆる「ネタバレ」の状態であることを予めご了承ください。［各章末註は原則、編集部にて作成した。著者執筆のものはその旨明記した］

＊ **類同的代理物《アナロゴン》**

サルトルが、元々はフッサールの用いたものを借用し、『イマジネール』で展開した概念。サルトルによれば、想像的意識はその対象のイメージを、それと類似する物質的または心的な〝何か〟を媒介として表象する。その〝何か〟こそが類同的代理物《アナロゴン》であり、アナロゴンは対象のイメージ形成を促進し、その内実を支える素材といえる。（ジャン＝ポール・サルトル『イマジネール――想像力の現象学的心理学』講談社学術文庫）

小松は、直接体験の否定のうえに成り立つ、アナロゴンの連関による伝達を「ストーリー性」「物語性」と捉えていたようである。（宮崎）

# 第1章 現実に「木戸銭」を払って 「銃後」から「廃墟」へ

——『地には平和を』『戦争はなかった』『ヤクトピア』

## SF作家、小松左京が生まれるまで

「はじめに」に記したように、SFとは「空想科学小説」を一意に指すわけではありません。確かに自然科学的認識を基本要素としている作品が多いのは事実です。けれどもそれは、描かれる事象のリアリティを担保するための装置、もしくは趣向であって、科学的認識をもってSFの本質と措定できるわけではありません。

現在のSF論には、「Science Fiction」とはオクシモロンなのではないか、という説すら出ています。オクシモロンとは「饒舌なる沈黙」とか、「喧噪のなかの静けさ」とか、「生ける屍」といった相矛盾する語句をあえて繋ぎ合わせることで表現の効果を狙う語法のこと。「サイエンス」と「フィクション」は端的に矛盾するのに、その二語が合わさって一ジャンルを表わしているとはオクシモロンに違いない、といういささか皮肉な見方です。

かつて、半世紀ほど前には「SFとは思弁小説《スペキュラティヴ・フィクション》*1〝Speculative Fiction〟である」という再定義も考案されました。一部でそれなりに流通したのですが、「空想科学小説」よりはかなりマシであるものの、まだ狭い気がします。

「はじめに」では、SFを主に機能的な側面からみて、それは古代の神話や宗教説話、中世の宗教叙事詩に近い性質を有すると論じました。同時にSFには、そうした「神話類」を志向する私達の意思や知のあり方をも異化し、相対化する力能が内蔵されている、と指摘しました。科学的認識を前提とするか否かは、SFと形而上学的な「神話類」とを分かつメルクマールとしてのみ有意なのかもしれません。

家族と。前列左から二番目が小松左京（写真提供／小松左京ライブラリ）

SF界で「ブルドーザー」にも喩《たと》えられた小松左京の旺盛な知力が、いかにしてSFという表現のかたちに出会ったのか。まずは彼の生い立ちと経歴に注目してみましょう。

小松左京は、一九三一年、元号でいえば昭和六年の一月、大阪市西区の京町堀（西船場）に生まれています。本名は小松実。五男一女の二男でした。

父親は千葉県館山の網元の家に生まれましたが、明治薬学専門学校（現明治薬科大学）に学ぶうち、東京人形町で漢方薬を商う老舗の娘と知り合います。小松左京の母親です。婚約して父が一足先に大阪に行った直後の一九二三（大正十二）年九月一日、まだ東京にいた母は関東大震災に遭います。

小松は子供の頃、母からその被災の体験談を聞かされて育ったそうで、彼の天変地異のイメージの起源はここにあるのかもしれません。また千葉の網元だった父の実家も大震災で大きな被害を受けたといいます。小松は「『日本沈没』を書いたり、地震や地球物理学に関心を持つのは、こうした少年期の体験とも無関係ではないように思う」（『ＳＦ魂』）と述懐しています。

父親は大阪で電気機械の商売に転じ、のちに阪神間で町工場を営み、家もそちらに引っ越しました。典型的な戦前の都市近郊の中流家庭の像が目に浮かびます。

生まれた年が満州事変、小学校に上がった年に日中戦争、その五年生で「大東亜戦争」が始まり、中学三年生のときに敗戦を迎える。彼の少年期は日本近代における最大の激動期でした。

しかし小松は、自分が生長した時分は軍国主義一色に塗り潰された暗黒時代に思えるかもしれないが、「むしろ大衆文化が花盛りの時期で、映画、演劇、寄席、ラジオ、雑誌……といったメディアを通じて、芸能、音楽から小説、漫画までさまざまな文化に触れていた」（『SF魂』）と振り返っています。

ＮＨＫ大阪放送局の「子ども放送局」でＤＪ役をやらされたり、ラジオドラマにも出演。こうした体験は、長じてからの放送メディアでの活躍の発源となっているかもしれません。

また、四つ年上の兄が買ってもらっていた『少年倶楽部』『子供の科学』を、小松も三、四歳の頃から一緒に読んでいたそうです。これらの雑誌で海野十三《うんのじゅうざ》[*2]や山中峯太郎[*3]、江戸川乱歩[*4]の科学小説や探偵小説、さらには田河水泡の『のらくろ』などのマンガに出会いました。

やがて、太平洋戦争が開戦し、入学先の兵庫県立神戸一中では、空襲と軍事教練に明け暮れる日々を過ごします。学徒動員では潜水艦工場で働いています。

この時分に注目すべきことは、小松が戦時体制への反感、延《ひ》いては戦争そのものへの懐疑を募らせていったことです。『やぶれかぶれ青春記』（一九六九年）でこの時期のことを述べる小松の語り口には、軍事教練の教官や担任の教官による理不尽な暴力、罵倒に対する怒りが露出しています。

## ダンテ『神曲』との出会い

もう一つの注目すべきエピソードは、中学二年生のとき、図書委員を務め、図書館に揃っていた新潮社の『世界文学全集』を繙《ひもと》いたことでしょう。「はじめに」でも触れた通り、なかんずく影響を及ぼし、後に「私の文学観を決めた」とまでいわしめたのが、全集第一巻に収められていたダンテ・アリギエーリの長編叙事詩『神曲』[*5]でした。ローマの詩人、ウェルギリウスによって導かれ、地獄、煉獄を経巡《へめぐ》り、ベアトリーチェの案内で天界に昇り、やがて至高天《エンピレオ》に達し、神を直観するという物語は、小松の宇宙構造探究系SFのストーリー展開のモデルとして影響を及ぼします。

そして終戦。当時、小松は十四歳。「青春はまだくすぶり、焦げた臭《にお》いを放つ焼け跡から始まった」との感懐を『小松左京自伝——実存を求めて』（日本経済新聞出版社、以下『自伝』と略記す）に記しています。けれども勤労動員で工場に行く必要はないし空襲はないが、学校もない。食べ物も金もないが、教師に殴られることはない。「心身に染みついていた恐怖感が薄紙をはぐようにゆっくり消えていった」。だが「解放感も喜びもすぐにはわいてこず、気だるい虚脱感だけが残った」（『自伝』）。

この「気だるさ」「虚脱感」は、どこまでも続く焼け跡の上に雲一つない蒼天が拡がっているようなイメージに象徴されます。この感覚はやがてアプレゲール（戦後派）特有のニヒリズムに通じていきます。ここは、同じく敗戦直後の混乱の最中《さなか》に多感な少年期を過ごし、焼け跡や闇市を体験した『火垂《ほた》るの墓《はか》』の野坂昭如《あきゆき》と共通しています。しかし、苛酷な体験を野坂のように小説にそのまま反映させ、生かしていくのか、小松のように経験から得たものを抽象化し、普遍化して表出するかで、作品の性質が異なってゆきます。

## 例外的な私小説

けれども、小松にとってこの時期に体感したものが抽象へと蒸留しきれない「何か」でもあったことは、例えば『少女を憎む』[*6]のような私小説風の短編から推すことができます。死んだ方がましと思える残酷な時代を生きる主人公の少年にとって、一条の光となる世界の「見方」を齎《もたら》してくれた経験、生きてあること自体の幸いを教えてくれた同年代の少女の記憶……。

仲間とかくれんぼに興じ、草むらの窪みに並んで隠れていたとき、背伸びをしながら少女が口にした「空襲がないのって、いいわね」というたった一言の言葉が、少年には「啓示」のごとくに響き、鮮烈な世界の「見方」を開いたのです。それは「若さ」や「平和」

を含むいま生きてある肉体を「抽象的な概念ではからず、そのあるがままの状態において肯定する事」に他ならなかった。

しかし、この甘やかな思い出はおよそ二十年後《のち》に暗転してしまい、再び奈落としての世界が主人公の目の前に現出することになります。

この小松左京としては異例の、純文学色の濃い作品『少女を憎む』は「あの時代」を生き延びた自分自身への鎮魂の歌ではないのか。

> あの見方は、完全に失われたわけではなく、まだ生きてはいたが、しかしその「見方」の核にあったものはこわれてしまっており、以前ほど虚心な喜びをもって、その見方に自らをおくわけにはいかないし、またその見方にたっても、以前のように、すべてを無条件で嘉《よみ》する事はできなくなった。（『少女を憎む』）

そんな少年時代も終わり、小松は青年期を迎えます。京都の旧制三高に進学しました。ところが学制が変わり、一年後の一九四九（昭和二十四）年、新制京都大学文学部に入学することになります。専攻はイタリア文学でした。そして日本共産党に入党し、京大細胞の幹部たちの指令で、小松は、文学同人誌『京大作家集団』に参加します。目的は同人誌の乗っ取りでした。

ここで小松は、畢生《ひっせい》の友というべき高橋和巳[*7]に出会っています。高橋は中国文学を修め、同時に『悲の器』『邪宗門』『憂鬱なる党派』『わが解体』などで作家としても名を馳せます。晦渋《かいじゅう》な、物憂い文致《ぶんち》で知られ、「苦悩教の教祖」とも呼ばれましたが、往時、政治や党派性に塗《まみ》れた小松にとって、文学を語るに足る友を持ち得たことは、何ものにも替え難かったようです。

旧制三高の友人と京都にて。一番左が小松
(写真提供/小松左京ライブラリ)

また小松は共産党の非公然組織「山村工作隊」にも参加しています。山村地帯に入り、農民をオルグし、党のシンパにすることが目的でしたが、「日本中どこへ行ったってラジオはあるし、無知な農民なんているわけがない」と活動の無効を悟ったといいます(『自伝』)。

一九五四(昭和二十九)年、ノーベル

文学賞を受賞したイタリアの劇作家、ルイジ・ピランデルロ[*8]をテーマとした卒論を提出し、京大伊文科を卒業。ピランデルロの戯曲、とくに『作者を探す六人の登場人物』には感銘を受けたという。これは、タイトルからも窺《うかが》えるようにメタフィクショナルな展開の芝居で、小松自身の評言を借りれば、登場人物たちが作者に「『あんたはちっとも我々の悲劇の結末をつけてくれないじゃないか。我々はもうあんたを見放した。ドラマを完成してくれる作者を今から探しに行く』って宣言」して奇想天外な物語が進むものです（『自伝』）。作中の人物たちが「この世界」が何者かによって想像された虚構かもしれない、と気付くというメタフィクショナルな趣向は、小松の幾つかの作品に認められますが、『作者を探す六人の登場人物』の影響が最も鮮明な長編は『こちらニッポン…』[*9]でしょう。

## 「眼をひっぱたかれ」SFに開眼

こうして大学を卒業した小松は、就職という壁に突き当たります。就職活動では苦戦しました。とりあえず記者になって文章修業をしようと算段し、新聞社やテレビ局を受けますが軒並み不採用に終わりました。何とか創刊されたばかりの経済誌に潜り込んだのですが、アマチュア劇団の女優を妻に迎えたのを機に退社し、結局、父の工場を手伝うことになります。しかし、それも破綻してしまいます。高レートの賭け麻雀や、ラジオ局のニュース漫才の台本書きなどの収入を工場の借金返済にあてる中、ある日、小松の前に運命の扉が開きます。それが一九五九（昭和三十四）年の『S-Fマガジン』（早川書房）の創刊でした。

それまでの小松は、学生時代からの友人、高橋和巳らと同人誌を創刊し、そこに左翼体験を引き摺りながら実存主義の洗礼を受けた世代に相応しい文学作品を発表していました。ところが『S-Fマガジン』創刊号に掲載されたロバート・シェクリイの『危険の報酬[*10]』を読んで、忽然とSFに開眼します。「『眼《め》をひっぱたかれた』ように思った」と小松は回顧しています。他の海外のSF作品をも貪り読むうち、「『シュールで鮮やかな、面白いSFが書きたい』という願望がどんどん膨らんできた」（『自伝』）。

高橋和巳などの影響で、本名を使って重い純文学をものしていた小松ですが、子供の頃から大衆文化に馴染み、マンガの心得もあり、経済誌の記事やニュース漫才の台本の執筆なども熟《こな》す彼の資性からすれば、SFという手垢の付いていない、表現自在の新天地に、自己実現の方途を見出していくのも、至極当然の成行きだったといえるでしょう。

小松は、一九六〇（昭和三十五）年に、件《くだん》の『S-Fマガジン』が募集した第一回空想科学小説コンテスト（後のハヤカワＳＦコンテスト）に作品を投稿します。「小松左京」というペンネームを用いた最初の小説でした。

それが、募集告知を見知ってわずか三日で、四百字詰原稿用紙にして八十枚を書き上げたという短編『地には平和を』だったのです。

結果は選外努力賞でした。ちなみに入選はなく、三人が佳作だったといいます。選外なので『Ｓ-Ｆマガジン』にも載りませんでしたが、本人は「選考委員の中で安部公房さんが僕の作品を推してくれたと聞いて、とても嬉しかった」（『ＳＦ魂』）と述懐しています。安部公房はアヴァンギャルドで実験的な作風の文学者として一家を成しますが、当時は『R62号の発明』（一九五三年）や『第四間氷期』（一九五九年）で戦後ＳＦの草分けとしても知られていました。

その後『地には平和を』は、一九六三（昭和三十八）年、同人誌『宇宙塵《うちゅうじん》』に掲載され、第二回空想科学小説コンテスト入賞作『お茶漬の味』と併せて六三年下半期の直木賞候補[*11]となりました。

小松の小説が直木賞にノミネートされたのは、後にも先にもこのときだけ。『地には平和を』は実質的なデビュー作であり、この後に展開していく彼の作品世界の原点と位置づけることができるでしょう。

## 聖戦貫徹のパラレルワールド

その『地には平和を』では、もし一九四五年八月十五日に、一部の陸軍将校と近衛師団参謀が起こしたクーデターが未遂に終わらず、成功してしまっていたら……という反実仮想の状況が描かれます。その日に予定されていたラジオの「玉音放送」が突如中止となり、〝事変〟の速報が流れます。

「お待たせいたしました。陛下の放送は都合により取りやめになりました。かわって臨時ニュースを申し上げます。本日未明、重大会議開催中の閣僚及び重臣の多数は、不測の事故により死亡及び重傷をおいました。死亡者の氏名を申し上げます。内閣総理大臣鈴木《すずき》貫《かん》太郎《たろう》大将……」

この〝事変〟は史実に基づいています。終戦阻止、徹底抗戦を企図した陸軍、近衛師団の中佐、少佐クラスの一部軍人によるクーデターは実際起こりました。彼等、中堅将校たちは近衛第一師団長を殺害、偽造命令で師団を動かし皇居を占拠した。世にいう宮城事件です。「玉音放送」の録音盤奪取が第一の目的だったのですがついに発見できず、東部軍管区司令官によって鎮圧されます。史実ではクーデターは未遂に終わりましたが、この時空間では成功しています。

そして鈴木貫太郎に代わり、阿南惟幾《あなみこれちか》陸軍大臣が総理の座に就き、新内閣が発足する。ラジオで阿南の所信が伝えられます。

阿南首相の声は、奇妙に沈痛だった。神州《しんしゅう》不滅《ふめつ》、本土決戦をもって悠久《ゆうきゅう》の大義を全《まっと》うする。国民はいっそう団結し皇室に殉ぜよ。

かくして日本は戦争を持続し、たとえ本土が灰燼《かいじん》に帰そうとも、国民一丸となって最後まで鬼畜米英と戦い抜くという大方針が固まったのです。これは、一九四五年八月に日本が降伏せず、本土で激しい戦闘が続いているパラレルワールドを舞台とする物語です。

主人公は、少年志願兵ばかりから成る本土防衛特別隊「黒桜隊」に属する中学生、河野康夫。彼は上陸した米軍に必死の抵抗を試みるものの敗退、瀕死の重傷を負って山中に一人取り残されます。「ただ一人闘い、ただ一人で死ぬ。日本人は最後の一人になるまで闘うだろう。祖国の山河は血と屍《しかばね》に埋まる事だろう」。

康夫は最後の手榴弾で自決しようとします。その直前、謎の男が現われ少年を救う。彼は自らを「Tマン」と名乗ります。康夫にはまったく要領を得ない話です。剰《あまつさ》え男は、この歴史は不当な干渉による「まちがった」もので、「正しい」歴史においては、日本は無条件降伏し、本土は戦場になっていないと告げる。

当然、康夫は「Tマン」に食ってかかります。

「この歴史のどこがまちがっているんだ？　鬼畜米英と闘って、一億玉砕する。陛下もともに……日本帝国の臣民は、すべて悠久の大義に生きるんだ。どこがまちがっている？」

「俺のおふくろは、のどをついたぜ。俺の友人はみんな死んだ。日本人は、女も子供も、みんな死ぬまで闘う。俺は米国兵を沢山《たくさん》殺したし、今は死にかけてる。……これがみんなうそだっていうのか？」

康夫少年にとっては「この歴史」が掛替えのない現実です。しかし「Tマン」にとっては、それは速やかに「基元的世界」に収斂《しゅうれん》されるべき、要するに、速やかに無に帰されるべき時空間です。本筋から不当に分岐してしまった時空間は消滅させるしかない……。

しかし、何の権利で「Tマン」なる存在は、あの八月十五日に「終戦」となる歴史が正当であり、本土で徹底抗戦を敢行する歴史が不当であると切り捨てることができるのか。「Tマン」、仲間内では「十五号」と呼ばれる彼は、時間管理庁特別捜査局に所属しています。時間管理庁というのは時間の流れを監視し、その整流《せいりゅう》の管理を行う超未来の機関。「庁」というからは、何らかの上位公共体によって設置された組織と考えられます。「Tマン」とはその「庁」の特捜局の捜査官の通称で、彼等は勝手に時間を改変する犯罪を摘発し、取り締まっています。時間SFによく登場する「タイムパトロール」や「時空警察」に相当します。

前代未聞の「歴史犯罪」に手を染めたのはアドルフ・フォン・キタという天才的な歴史研究者でした。彼は「歴史可変論」の創始者であり、亜空間航行が可能になった未来において「跳躍航行機関の原動力となる次元転換装置と、時間機をむすびつける事により、任意の数の異なった歴史をつくりうる」と主張。それを実行しました。

「十五号」は、捕縛《ほばく》されてもなお歴史可変論を嘯《うそぶ》くキタ博士に詰め寄ります。二十世紀

## 『地には平和を』本土決戦シミュレーション

（ウェブサイト「小松左京ライブラリ」を参考に作成）

**1945年**

**8月**

- 15日　正午に予告されていた玉音放送は二度延期され、結局中止に
- かわって鈴木貫太郎首相以下閣僚および重臣の多数が“不測の事故”により死傷という臨時ニュースが流れる。阿南陸相が新たな首相に
- 16日　米軍、大空襲再開
- 臨海工業地帯は壊滅し、六大都市は京都をのぞき灰燼に帰す
- 下旬　ソ連軍、怒濤のように満州（現・中国東北部）を南下
- 関東軍、朝鮮・満州国境で退路を断たれる
- 15〜18歳までの本土防衛特別隊「黒桜隊」が編成され、**15歳の河野康夫が入隊**

**9月**

- 上旬　米機動部隊、薩摩半島と四国南岸の沖合に現れる
- 中旬　新たな米機動部隊が銚子沖に現れ、東京湾と伊豆沖に分かれて向かう
- 特攻機（人間爆弾「桜花」）を腹に抱えた一式陸上攻撃機が飛び立つもほとんどが米軍の艦載機によって撃墜される
- 米軍爆撃機・艦載機の迎撃には新型戦闘機「秋水」「震電」が投入されるが大勢に影響なし
- 米軍、関東に上陸開始
- 三浦半島に配属された黒桜隊の中学生ら、米軍戦車隊に蹂躙される
- 月末　連合軍、四国と九州の南部・九十九里浜・紀伊半島西部に橋頭堡を築く

**10月**

- 初旬　米軍、四日市に最大の上陸作戦を開始。ソ連陸軍二個師団、敦賀湾に上陸。米空挺部隊、関ケ原西方に降下。伊勢湾の米機動部隊、名古屋地区を攻撃。近畿・関東に上陸していた部隊は前進を続け、大阪湾には米艦隊が侵入
- 近畿部隊は敗走を続け、吉野川上流紀伊山塊中に二個師団が立てこもる
- 日本軍十個師団、中部山岳地帯に立てこもる。大本営は長野に移転
- 下旬　連合軍空挺部隊による大規模な第二次滲透作戦が始まる
- 黒桜隊第一〇七七部隊、米軍の機銃掃射を受け、ほぼ全滅し山中に孤立。**康夫は民家に助けを求めるが密告されて逃亡。Tマンに会う**
- 米軍、3発目の原子爆弾を積んで信州上空へ

において、無数の歴史を作り出すということは、取りも直さず、「それだけの数の悲惨さをつくり出すことだ。僕がむこうで出あった、十五歳の少年の話をしましょうか？」と。「むこう」とはキタ博士の改変によって現出した「本土決戦の日本」、「少年」とはそのパラレルワールドにおける河野康夫のことです。

キタ博士は反駁《はんばく》します。

「悲惨だと？」「悲惨でない歴史があるか？　問題はその悲惨さを通じて、人類が何をかち得るかという事だ」「二十世紀が後代の歴史に及ぼした最も大きな影響は、その中途半端さだった。世界史的規模における日和見主義だった」「日本の場合、終戦の詔勅一本で、突然お手あげした。その結果、戦後かれらが手に入れたものは何だったか？　二十年をまたずして空文化してしまった平和憲法だ！」

このキタ博士の焦燥は、敗戦の前後に辛酸を嘗《な》め尽くし、価値観の百八十度の転換を迫られた小松の心情の一端を代弁していると思われます。

「学校が再開して最初の授業で、教科書の日本を礼賛した個所に墨を塗った。もともと薄っぺらな教科書の中身がさらに減っていく」（『自伝』）。

この、いわば「強いられた転向」が、やがて戦後への懐疑、延いては歴史そのものへの懐疑を胚胎させてゆきました。

この国の戦後の平和、戦後の自由、戦後の繁栄はすべて虚妄かもしれない……。この現実の方が「うその歴史」なのかもしれない……。

**歴史から「ほうり出された」**

歴史からの放逐。小松は一九六四年の『廃墟の空間文明』というエッセイに、こんな心情を書き付けています。

> この時、それまでのあまりにはげしい時の流れのため、焦土がそこでとどまることができず、時と歴史の流れの外にほうり出されたのである。
>
> この時おそらく、まだ十四、五歳だった私たちと――すくなくとも私と、廃墟との、一種の野合がおこなわれたのである。私は――私たちは、あの日の午後、突如「戦場」

> であることをやめた焦土とともに、歴史の流れの外へ「廃墟」の中へ、ほうり出されていたのである。

それほど長くない評論文のなかで、二度も「ほうり出された」という所懐が繰り返されているのは異様です。歴史から遺棄されたという強烈な疎外感に根ざした戦後への疑義は、『地には平和を』の初出から五年を経て書かれた短編『戦争はなかった』で再び質《ただ》されることになります。この小説では大東亜戦争の記憶、太平洋戦争の記録が跡形もなく消えてしまった世界に、主人公が突然投げ込まれてしまいます。

主人公は小松と同じ昭和ヒトケタ世代。ある日、旧制中学時代の旧友たちによる集いに顔を出す。遅れて到着した彼は久闊《きゅうかつ》を叙《じょ》するいとまもなく、すでに酒宴たけなわとなっている座敷に迎え入れられました。かつてのひどい時代をともに生き抜いた顔と顔。酒の力も手伝って長い月日を飛び超え、すぐに打《う》ち解《と》けます。彼は懐かしい雰囲気と快い酔いのなかで思い出を口にします。「戦争中はなぐられ通しで、戦後は中学生のくせに煙草を吸い、進駐軍の煙草やチョコレートやガムのブローカーをやり、家のものや学校のものをもち出して、何でも売れる闇市《やみいち》で売りとばし」たりしたもんだ。予科練《よかれん》がえりの仲間には、ピストル強盗をやらかし、MPに誰何《すいか》されて、挙句《あげく》射殺された奴もいた。あいつの顔は俺の記憶の中ではいつまでも十六、七の童顔のままなんだなあ……。

それといっしょに、いろんな記憶が脈絡もなく浮かび上がってきます。男は思い余って、苦い追想を吹っきるべく軍歌を歌い出します。

若い血潮《ちしお》の
予科練の七つボタンは桜に碇《いかり》……

ところが彼の回想にも、予科練の唄として知られる「若鷲の歌」にも誰も反応しない。予科練がえりだったはずの仲間ですら、そんな歌には聞き覚えがないと戸惑うばかり。だいたいヨカレンっていったい何だ。戦争？　そりゃ、いったいいつの戦争だ？　日本がアメリカと戦争しただって？　馬鹿をいうんじゃないよ。お前、夢でもみてるんじゃないのか？　どうかしてるぞ、こいつは……。

何と前の大戦の記憶を保持しているのは男だけだった。彼を取り巻く誰もが、家族すらも口をそろえて「戦争なんてなかった」と言い、終《しま》いには男の精神の尋常をも疑う。

書店や図書館からは戦記や戦争文学が地を掃《はら》い、玩具店からは「戦艦大和」や「零戦《ゼロ》」のプラモデルが姿を消していました。「心おぼえの基地」を訪ねてみても戦没者の墓や忠魂碑は残っておらず、広島に足を伸ばしてみても、原爆の遺構《いこう》を見付けられません。歴史書を繙《ひもと》いても、新聞の縮刷版を精査しても大戦の記述は見当たらず、敗戦という国民的悲劇と引き替えに獲得したはずの「平和憲法」や「主権在民」などは、戦争抜きで何となく実現されたことになっている。

やがて彼も先の大戦抜きの世界に何とか適応しようと自分に言い聞かせる。

> 現在の、眼前にある世界、この日常、この生活が何もかかわっていないなら、戦争があったかなかったか、そんな昔の事は、どうでもいいではないか？　彼一人、いまだになまなましく想起される戦争の記憶をもち、他のすべての人々は、まるっきり持っていない――その些細《ささい》な不一致を除けば、彼は別に何の支障もなく〝今までどおり〟世間の人々とつきあい、くらして行くことができる。（『戦争はなかった』）

## 〝この現実〟への抗い

『地には平和を』では誤った歴史が非現実として除斥《じょせき》の対象となりますが、『戦争はなかった』では正しい歴史が非現実として排除されてしまう。筋立ては正反対ですが、テーマは通底しています。戦後の現実に対する深い懐疑です。

けれども『戦争はなかった』に明確に時間改変が行われたことを示す記述はありません。パラレルワールドSFなのか、不条理ホラーなのか、あるいは奇想天外な陰謀ストーリーなのか最後の最後まで判然としないことが、この小説の不気味な味になっています。

ただ次の点は指摘できるでしょう。この作品が書かれた一九六八年は高度経済成長の完成期に当たります。経済白書が「もはや戦後ではない」と謳《うた》って十二年。この年、日本のGNP（国民総生産）はアメリカに次ぎ世界第二位に躍り出、カラーテレビが爆発的に普及し始めていました。

そのような世情の下、戦争の記憶の忘却が不可逆的に進んでいた。こうした社会状況に対する痛烈な皮肉や痛切な危機感がこの作品には込められているのです。『戦争はなかった』の主人公は、ついに〝この現実〟に順応できませんでした。

「夢とも思えぬ夢の中の轟々《ごうごう》と燃えたける火焔《かえん》と煙と熱い灰のむこうにひびく、焼け死んで行く何万人、何十万人の人々の、遠い阿鼻叫喚《あびきようかん》を彼ははっきりきいた。一万メートルの清澄の高空から、金属に包まれた業火《ごうか》を、無差別に、機械的にふりまくものたちと、地上で焔《ほのお》にまかれ、高熱のゼリー状ガソリンにまといつかれて火の踊りを踊りくるい、つむじ風にまい上るトタン板に首をきりさかれる人たち、髪の毛がまる坊主にやけ、眼をむき出し、舌を吐き出し、ふくれ上って死んでいたセーラー服の女学生」「南海に、荒野に、雲の果てに死んでいった何百万もの兵士たちと、その兵士たちの行なった破壊と殺戮《さつりく》」「これら一切の、血ぬられた歴史の激動が、もしなかったとするならば、戦争を通じてあらわにされた『世界』と『人間』のもう一つの側面——まがまがしい、血に飢えた『機械』としての世界と、弱々しく醜悪で英雄的で盲目的な人間の姿に対する、すべての人々の共通の認識と記憶がなければ、たとえ表面的にはまったく同じ『現在』が出現していたとしても、その世界はどこか根本的に、重要なものを欠落させているのではないか?」
(『戦争はなかった』)

大戦を経なかったこの世界には、何か切実なものが欠けていると信じた男は、本来あるべき姿の世界を回復させるべく、誤った世人どもに正しい歴史を思い起こさせるべく、勝ち目のない孤独な闘いに打って出ます……。

興味深いことに、この短編が書かれた一九六〇年代のこの時期、小松左京は大阪万国博覧会の準備作業、日本未来学会の創設に邁進《まいしん》していたのです。まさに戦後を超えて、未来へと向かう日本と世界の足どりを確認し、その歩みをサポートする仕事に携わっていたわけです。

もちろん未来学は「バラ色の明日」を称揚するものではありません。過去の未来観の理非や成否を確かめ、将来の危険を見据えて、未来に向かいよりよき経路を探っていこうとする学際領域です。しかしそれでもなお、建設的、向日《こうじつ》的な性格は否定できません。かかるプロジェクトに関わる実務家的な資質と、いかなる進歩も成長も繁栄も、大掛かりな虚構とみてしまうニヒリスティックな性質の共存が小松SFの魅力にもなっています。キタ博士は『地には平和を』や『戦争はなかった』は後者に傾《かし》いだ作品といえましょう。

こんな極論をも弄《ろう》しています。

「そんなことなら、日本はもっと大きな犠牲を払っても、歴史の固い底から、もっと確実なものをつかみあげるべきだった」「日本という国は、完全にほろんでしまってもよかった。国家がほろびたら、その向うから、全地上的連帯性をになうべき、新しい〝人間〟がうまれて来ただろう」（『地には平和を』）

国の滅びから民の再建へ、というヴィジョンは、後の『日本沈没』のモーティヴに繋がっていきます。

また、われわれの歴史や進化を、より〝上位〟の立場から管理、統整する者の存在とそれへの抵抗というプロットは、『果しなき流れの果に』のような本格的な時空ＳＦから『エスパイ』のような活劇色の濃い国際サスペンスにまで受け継がれます。さらに「レーゼドラマあるいは長篇のためのエスキース」という副題が添えられた短編『人類裁判』では、「汎宇宙精神体連合」なる上位審級が「太陽系地球種知的生命体」即ち人類に対し、普遍的倫理規範に基づく裁判というかたちの介入を行います。かような宇宙規模のハイアラーキーを前提とする物語の構図に関しては次章で詳述します。

## 現実に「木戸銭」を払って

小松左京と親交の深かった開高健[*12]は、小松の短編集『模型の時代』（徳間書店）の跋《ばつ》として「小松左京の小説」という一文を寄せています。そこにこんな一節がみえる。

> （小松には）山村工作隊、乞食、業界紙記者、町工場経営、漫才の台本書き、土建屋の現場監督……こういう多彩な経験がある。経験は超《こ》えるに難《かた》いものであり、さまざまな体液を分泌するものだから、彼の多面体的な文章のメリ、張り、照り、艶《つや》、いぶしにもそれがかかっているはずである。彼の突飛なSFはいわばしたたかに現実というものに木戸銭を払いこんだあとにでてきたものなのである。だから、どことなく、いつも安心して読めるものがある。このあたりが物語りの背後にある蜜というものなのである。

戦前戦中、そして終戦直後の苛烈な体験も含めて、小松は「現実というものに木戸銭を払いこんだ」のです。その結果として「浮き世離れした」物語を紡ぐことができるようになった。

木戸銭というのは、興行を見物するときに木戸（入り口）で払う料金のことですが、この開高の評言は実に的を射《い》ています。小松は現実を見世物として、作り事として突き放してみる「見方」を得たのです。その「見方」を培ったのはまさに戦争体験、敗戦体験だった。

だから、開高がいくら「彼の無数の短い話や長い話はしばしば結末に《平和》という、皺くちゃのチューインガムみたいになったコトバが登場し、いかにも苦労人の彼の優しさがあらわれているようなのだが、これは長所でもあり、短所でもあるなと思わせられたのである。私にはこれをむしろ切り捨ててしまったほうが彼の潤沢な想像力の開発にはいいのではないかと思える」（前掲「小松左京の小説」）と期待しても、それは無理な注文でしょう。

開高とは対照的な問いを投げたのが、先述の野坂昭如です。この焼け跡闇市派を代表する文人は、小松に「空襲で逃げこんだ防空壕の、入口のそばで、焼夷弾に串刺しにされ、虫ピンで板にとめられた黄金虫の如く、ぐるぐるまわっていた女学生や、GIに強姦されて、股間に空洞をうがたれ死んだ幼い女の子の話」を聞かされ、「何故それを書かないかと、さけび立てた」そうです。小松は「だまったまま、盞《さかずき》をかたむけるだけ」だったと記しています（「解説」小松左京『ウインク』角川文庫）。

先に引いた『少女を憎む』や、あるいは『汚れた月』といった、私的な記憶を手繰り寄せ、それを原形に近いかたちで表出した例外的な作品を除いて、小松は体験をあるがままに小説にすることはありません。

けれども、野坂が鋭くも示唆しているように、小松の「異常なほど情熱的な好奇心や、向日性、あるいはエネルギッシュな行動力」は「ひたすら根にからまる翳の部分に、ひきこまれないためのあがき」のようにもみえるのです。

> 二つの相反する力の、どっちがどっちを誘い、原動力となっているのか判らないが、この緊縛した関係の上に、小松の巨才が花開いているのではないか。（前掲）

小松は「戦争がなかったら、おそらく僕はSF作家にはなっていない」（『SF魂』）と明言しています。

> SFの手法を使えば、現実にあった歴史を相対化することができる。「本土決戦で泥まみれのゲリラ戦を戦っている自分」という、あり得たかもしれないもう一つの未来を描くことで、戦闘を経験していない後ろめたさにも落とし前をつけながら書くことができる。（『SF魂』）

それ故に、小松のＳＦは「戦争と平和」の問題を無視することはできない。これを「切り捨てて」しまうことは不可能なのです。

## 「現実」の底を掘り抜く

ただ、その問題意識を掘り下げ、掘り抜いてしまうことはできる。例えば『地には平和を』では、いわば「歴史のアナーキズム」を実現しようとするアドルフ・フォン・キタの思想そのものが、特定の時代の感覚に、しかも誤った時代のそれに縛られた観念の所産に過ぎなかったことが明らかになります。

「あなたはさっき、二十世紀の歴史的な傷が、千年後の今日まであとをひいていると言っておられましたね。あなたは三十世紀の意識でしゃべっておられる。けれど現在は、あの第二次大戦から五千年たっているんですよ……」

つまり、この物語は二重底の構造になっていて、「落ち」の下にもう一つ「落ち」が用意されていたわけです。『地には平和を』と同様の二重構造を持った短編に『ヤクトピア』

（一九六七年初出）があります。

ヤクトピアとは、脳に作用する薬物が広汎な用途、多様な目的で使われるようになった近未来のことです。それは「情報受容器である、知覚器官を媒介とし外部刺激を生体内情報にかえ、これを電気的、化学的信号にかえて脳細胞におくりこみ、ここで脳細胞の電気的・化学的変化をくみかえて再構成するという」従来の「現実」に代わって、「知覚器官を通らず、いきなり脳細胞に作用して、外部から情報刺激をうけた時と同様の電気的・化学的変化を起こす」技術がリアリティを齎《もたら》す「まったく新しい『薬品の時代』」でした。

薬物の利点は「ありとあらゆるイメージ情報を脳につたえる上に、格段とすぐれていることだった。物語でも、ドラマでも、はたまたポルノグラフィでも、恐怖小説でも、何でもござれであり、のぞむとあらば、極彩色、モノクロいずれでも、またみずからが観客の立場に立つことも、主人公になりきることも、調合一つでお茶の子さいさいだった」。「一つぶの丸薬が、見させてくれる、はてしない夢！」を謳歌する神経薬理万能の時代。薬が神の役割を代替する時代。

こんな社会に、恒星開発のために半世紀もの間《あいだ》、宇宙で過ごした男が帰還します。彼は時流の変化を受け容れられず、薬に酔い痴れる人間を捕まえて、強制的に素面に戻し、周りのみすぼらしい「現実」を直視させようとします。その結果……。

さっきまで、あれほどゴージャスな気分を味わわせてくれたバーの中は、今見ると、さむざむとした、つぎはぎだらけの安普請で、古い天井はしみだらけであり、床はほこりだらけだった。

そして元宇宙飛行士は警鐘を打ち鳴らす。

地球は――地球人は――地球文明は、くさりかけている。麻薬の汚らしい夢と快楽におぼれ、誰も現実を直視する勇気をもたなくなっちまっている。――誰も彼もがいつも酔っぱらって、軽佻浮薄でこんなことで、おれたちの光栄ある地球の文明が、さらに恒星系をこえて進出することができると思うか？

この元宇宙飛行士の怒りと焦燥は、『地には平和を』のキタ博士のそれに通じるものがあります。彼の難詰に対しヤクトピアに適応した者は「いま、人間は、薬によってかつての時代よりはるかに効率のいい、コミュニケーションを獲得した」と抗弁します。副作用を極小化した精神制御薬のおかげで、人類はストレスから解放され、相互の理解と共感を深め、無用の軋轢や紛争に心を悩ますこともなくなった。この文明の果実を拒否することは、文明そのものを否定することに通じるのではないか……。

宇宙帰りの男は、この弁明に激しく反発する。その文明の主となるためには、裸の眼、裸の意識で生の現実に対峙することが必要だったはずだ、と。だが、ヤクトピアの住人は去《い》なすようにいう。裸の意識とか、生の現実などというが、そういったもの自体が、すでに文明の産物であり、人工物なのではないか。人間こそ文明の一部なのではないか……。

この予察通り、元宇宙航行士自身、どんなに長く孤独な宇宙の旅程や異星の過酷な環境にも耐えられるように、精神制御剤を投与されていたという「落ち」に、物語は収まります。剰え、その落着の後にもう一つの、こちらが遥かに重要な「落ち」が来る。ヤクトピアの医師がこんな言葉を漏らすのです。

大体人間の意識そのものが、いい得べくんば、存在の——あるいは物自体の、一種の酩酊現象じゃないかね？——真の現実と思ったものは、ある状況下における、気分や、信念の幻覚にすぎんだろう。

〝ナマの現実〟などどこにも存在しないのではないか。そもそも人間の意識そのものが、仮に自然状態にあっても、物自体の「酩酊現象」であり、私達が真と思い込んでいるこの「現実」自体が、脳の興奮状態――気分や信念によって現前するイリュージョンに過ぎないのではないか……。そう示唆して物語は終わります。

この短編では二番目の底で現実そのもの、体験そのものが異化されています。『地には平和を』や『戦争はなかった』で、作者の重要なモーティヴとなっている戦争経験が、物語の内側において相対化されてしまったように。

およそ三十年後に映画『マトリックス』(一九九九年)のヒットによって一般に流布される「五感で感じるものを現実だと言うのなら、それは脳による電気信号の解釈にすぎない」という自己完結的、唯識的世界像が、すでにここではより徹底したかたちで提示されています。

あえて小松の時代経験に事寄せて会釈《えしゃく》すれば、国全体が戦争熱に浮かされ、一種の「酩酊状態」と化した戦時の「現実」への皮肉とも取れます。さらにその奥に、あの八月十五日を境に酔いから醒めるがごとく忘却してしまった日本人への、そして今度は戦後の「現実」に没頭し、復興熱、成長熱に浮かされていった同胞への批判が込められているようにも思える。

けれども、この解釈はやや皮相であり、廃墟を眼前にし、歴史の外へ「ほうり出された」と痛感した小松の絶望はもっと根深いものでした。

その絶望の末の諦観が「現実」の底を掘り抜いて、普遍に通達《つうだつ》するにいたったと考えることはできないでしょうか。上引した「廃墟」に関する小論（『廃墟の空間文明』）には、すべてを相対化できるＳＦの可能性が予示されています。

## 廃墟から自由への道

「単なる廃墟ではなく、それが『空間』である以上、もう少し科学的にこの空間の性質を検討してみる必要がある。――空間それ自体は、単なる数学的な概念であり、物理的概念としては、時間と不可分なものであろうが――この空間を認識論的な空間と考えそれが『廃墟』になった状態を想像してみると」「時間、価値、意味等を完全に除去されたこの空間に、世界と、その文明の一切をおいてみると、そこでは、認識されるあらゆるものが、一切の秩序をはなれて、完全な等価値——あるいは無価値と、同時併存性をもつことに気づくだろう。このことは、善意とか、美醜とか倫理的な序列が、単なる『距離』の問題として測定し得ることをしめす。それだけではない。もっともかけはなれたものであるべき、たとえば『科学体系』と『恋愛』とが、それぞれ等価の惰性系として、——本来比較し得ないものが、その間にある『量的関係』を導入することによって、比較し、むすびつけることができるようになるだろう」（「廃墟の空間文明」東浩紀編『小松左京セレクション 2 未来』所収、河出文庫）［本書では、原本から断続的な引用を行う場合、それぞれを「」で括って示す。以下同様］

一切の既存の価値が落剝してしまった「廃墟空間」では、すべてを等価なものとして並列できる。およそ日常的には懸け離れていると感じられる概念同士であっても、「廃墟空間」ならば、その二項の関係を単なる「距離」や「量的」差異に還元して捉えることができるというのです。剰え小松はこうも断じます。

それだけではない。この空間内では「あったこと」と「ありうること」と「あり得ないこと」が、まったく同じことになってくる。歴史も、もはや絶対的な意味をもたないし、「事実」は「虚妄」と同じことになり、「必然」というものは、あの非ユークリッド幾何学における、「ある直線外の一点を通って、その直線に平行な直線の数」のように、無限のコースがあることになる。

さらにこの空間内では、時間の序列、過去、現在、未来の三次元も、単なる直線上の任意の距離関係にすぎなくなるから、この直線の一部をきりとって、他の部分にかさねること——つまり過去でも未来でも、いくらでもかさね合わせることができる。

（「廃墟の空間文明」、前掲書）

戦火によって現出した蒼穹の下の廃墟、それから抽象された「廃墟空間」概念は、従来の人間の感覚や思考を完全に異化しつくす力を持っていました。小松はそこに歴史や価値の重い軛《くびき》がたまさか取り払われる光景をみたのです。認識の型や思考慣習、道徳、倫理の類いが全的に解除された瞬間でした。作家の井上ひさしは、小松文学の「機能」性を捉えて、こう論じています。

何の気なしに「相対化」という言葉が出てしまったけれども、もしかしたらこれは小松左京の作品世界を解く大事な鍵かもしれない。いまわたしたちに絶対に動かしがたいものとして与えられている言語、文化、歴史的状況、社会的状況などを、さらにより深くよりよく理解するために、ひょっとしたらこうもありえたのではないかという虚構の（しかしその作品の中ではたしかに存在する）もう一つの現実を差し出して、いま在る現実にがんじがらめになっている固い頭をうんと柔らかくするやり方。これがいわば相対化という仕掛けである。（「日本沈没　小松左京　昭和四十八年」『完本　ベストセラーの戦後史』文春学藝ライブラリー）

これはまったく肯綮《こうけい》を突いた指摘です。

このかつてない虚の自由性が、無の豊饒が、コンテクストフリーな理知が、小松をしてSFに向かわせた。彼は廃墟から立ち上がり、その「原体験」に相応しいまったく新しい文学表現を獲得したのです。

＊1　**思弁小説《スペキュラティヴ・フィクション》**

アメリカのSF作家ロバート・A・ハインライン（一九〇七〜八八）が一九五〇年頃に提唱した概念。タイム・マシンや超光速飛行のような、現在の科学では不可能とされるようなアイデアを扱っているが、論理的に考察を進める展開であれば、思弁（スペキュレーション）に基づくフィクションであるといえるという考え方。

＊2　**海野十三**

一八九七〜一九四九。小説家・児童文学者。早稲田大学電気工学科卒。『火星兵団』『浮かぶ飛行島』などの科学小説のほかに、『おはなし電気学』などのノンフィクションも手掛けた。

＊3　**山中峯太郎**

一八八五〜一九六六。小説家・児童文学者。陸軍士官学校卒、陸軍大学校中退。代表作に軍事冒険小説『敵中横断三百里』『万国の王城』『亜細亜の曙』など。

＊4　**江戸川乱歩**

一八九四〜一九六五。小説家・児童文学者。早稲田大学卒業後、様々な職業を遍歴したあと一九二三年の『二銭銅貨』で文壇デビュー。代表作『D坂の殺人事件』『屋根裏の散歩者』などのほかに、『怪人二十面相』などの少年探偵小説でも幅広い人気を集めた。

*5 **ダンテの『神曲』**

一三〇七〜二一年に書かれた長編叙事詩。地獄編・煉獄編・天国編の三部構成。作者であるダンテ自身が詩人ウェルギリウスに導かれて地獄・煉獄を巡り、ダンテにとって永遠の女性であるベアトリーチェによって天国に導かれる。ラテン語でなくトスカナ語で書かれ、イタリア国民文学の出発点となった作品。

*6 **『少女を憎む』**

初出は『別冊文藝春秋』一九六九年三月号。戦後すぐの時代を「硬派」に生きる中学生が、少女のたった一言により「生きている肉体」としての人間を肯定的に受け入れ、嘉することを知るようになるが……。小松左京の私小説的な作品。

*7 **高橋和巳**

一九三一〜七一。小説家・中国文学者。六二年に『悲の器』で河出書房文芸賞を受賞。六七年から京都大学文学部助教授に就任するが、大学紛争で全共闘を支持し七〇年に辞職、翌七一年死去。

*8 **ピランデルロ**

ピランデッロとも。一八六七〜一九三六。イタリアの劇作家・小説家。シチリア島に生まれる。戯曲『作者を探す六人の登場人物』（一九二一）で世界的名声を確立し、三四年のノーベル文学賞を受賞。

＊9 **『こちらニッポン…』**

一九七六年四月から七七年一月まで朝日新聞に連載。ある日突然、人々の姿が消えた。「消え残り」は日本に二十五人、世界中でも百人に満たないほどとなり、主人公の福井らは無線で「こちらニッポン…」と呼びかける。そんなある日、福井が大阪府箕面市のSF作家「小松左京」宅でたまたま見つけた『西欧近代戯曲集――イタリア篇』に収められた『作者を探す六人の登場人物』を読み進むうちに、大異変を起こした原因にようやくたどり着く……。

＊10 **『危険の報酬』**

ロバート・シェクリイ（一九二八～二〇〇五）が一九五八年に発表し、『S-Fマガジン』創刊号の巻頭を飾った作品。舞台は「志願制自殺法」が制定されたばかりの近未来のアメリカ。テレビでは殺傷ゲーム番組が大流行。賞金獲得を目指す参加者たちはみんな志願制自殺法に基づく書類にサインしているので、殺人を犯しても無罪となる。最も人気の高い番組『危険の報酬』で、「狩られる男」役に応募した主人公は殺し屋たちから一週間逃れられれば賞金二十万ドルを手にすることができるが……。

**＊11　直木賞候補**

小松は一九六三年八月に最初の短編集『地には平和を』を早川書房から刊行した。収録作品のうち、表題作『地には平和を』と『お茶漬の味』の二編が、第五十回直木賞（昭和三十八年度下半期）の候補となった。この回の直木賞は安藤鶴夫『巷談本牧亭』、和田芳恵『塵の中』の二作が受賞した。

**＊12　開高健**

一九三〇〜八九。小説家。小松左京と同じく戦後大阪の焼け跡と闇市で青春時代を過ごす。大阪市立大学卒業後、寿屋（現サントリー）宣伝部に入りコピーライターとして頭角を現す。『裸の王様』で五八年の芥川賞を受賞。執筆活動だけでなく、小田実らとべ平連（ベトナムに平和を！市民連合）を結成するなど平和運動でも活躍した。

# 第2章　宇宙を超えるための「闘争」

――『果しなき流れの果に』『神への長い道』『彼方へ』

## 残された難問《アポリア》を問い直す

第1章では小松左京の戦争に纏わる中編に焦点を当てました。それらには、小松自身の戦中、戦後の経験に基づきながらも、体験がそのまま語られるのではなく、普遍的な主題に変換され表現されてありました。記憶は徹底的な相対化を経て、奇譚的な物語に昇華させられたのです。

さらに『地には平和を』には、戦争という歴史の悲劇的な一齣《ひとこま》を超え、時間相の遷移の仕方そのものに関する疑義や対立が浮かび上がっています。前章でも少し触れましたが、例えば時空を自由に行き来できる方途を未来の知性体が持ち得た場合、それを手段として進化や歴史を徹底的な管理の下に置いたり、はたまた大胆に改変を加えて、〝より良い〟歴史の枝条《ブランチ》を作ったりすることに正当性はあるのか、という問題です。

もしその知性主体が全知、全能、全善の絶対者、神であるならば、疑を差し挟む余地はないでしょう。よし異議が出たとしても、それは信仰の次元の問題となり、少なくとも倫理等の問題にはなりません。しかし、その知性体が、たとえ私達よりも知的水準が遥か高位にあったとしても、基本的には人と同様に可謬的、相対的存在であった場合、その行為の正当性が問いに付されます。

『地には平和を』における時間管理庁特別捜査局や「Tマン」の立場は〝「正しい」歴史は厳存し、それは単一である。かつその唯一の時序を、作為をもって乱すことは道徳に反し、重大犯罪である〟というものです。これに対し「歴史可変論者」であるアドルフ・フォン・キタ博士の立場は次のようなものでした。

「なぜ、歴史がいくつもあってはいけないのだ？　それが可能なら、平行する無数の歴史があってもかまわないじゃないか？　無数の可能性を追求する。無数の歴史的実験があっていいのに、なぜ、やりなおしのきかないこの歴史だけに、人間が甘んじなきゃいけないのだ？　最も理想的な歴史的宇宙をえらぶ権利がなぜないのだ？　権利は常に可能性によって押しすすめられる。それが可能になったならば、その時は我々もまた、理想とする歴史をえらぶ権利がある」「僕はついに、人類を歴史から解放した！」（『地には平和を』小松左京『地には平和を』所収、角川文庫）

この二つの「理念」の対立は、『地には平和を』では一応、歴史を管理し、恣意的な改変を許さない側、つまり時間管理庁や「Tマン」側の勝利によって終わったかにみえます。

キタ博士は錯誤と妄想に取り憑かれた「歴史犯罪者」として処断されることになります。けれども、この争点は完全に解消できたわけではありません。例えば、キタ博士によって捏造された時空を唯一無二の「現実」として生きる康夫も博士と同じように、八月十五日の無条件降伏が正しい歴史といえるのかと「Tマン」をなじります。

「なぜそれが正しいんだ?」康夫は歯がみしながらくりかえした。「お前らに、そんな事をいう権利はないぞ」

この少年の詰責を前に、「Tマン」は「歴史は一つでなければならない」と教条を繰り返すしかありません。そして本来の軌道から逸れた世界は「基元世界に収斂させるしかない」と断じます。つまりすべてを烏有に帰すしかないというのです。「お前らに、そんな事をする権利があるのか?」という少年の糾問が「Tマン」の心に響くことはなかったのです。

しかし、この整序の操作については倫理的アポリアが生じ得ます。たとえ不正に導かれた時間のブランチだったとしても、そこを生き、そこに住まう人々にとっては掛替えのない「現実」に他なりません。その「現実」をまるで枝打ちでもするかのように消滅させてしまうことは、人道にもとらないのでしょうか。ジェノサイドにも擬し得る酷薄な所行とはいえないでしょうか。

小松は積み残されたこの問題を、約十億年の時空を舞台とするという壮大な長編で問い直します。それは小松の作物のなかでも「宇宙構造探究系」と名付けるべきメインストリームの小説群の濫觴となりました。

## 苦渋に満ちた執筆過程

一九六六年に上木《じょうぼく》された『果しなき流れの果に』初版の「あとがき」には、「Ｓ-Ｆマガジン」の六五年二月号から十一月号まで一〇回にわたって連載されたとあります。一九七三年に刊行され、ベストセラーとなった『日本沈没』がすでに六四年に書き始められていますから、小松は六五年にはこの二つの代表作を並行的に構想、作述していたことになります。そのためか『果しなき流れの果に』には「日本列島が海中に没する」挿話が挟み込まれています。この挿入部については次章でも触れます。

また『日本沈没』に小松が最初に付けたタイトルは『日本滅亡——果てしなき流れの果

てに…、出発の日』だったそうです（新海均『カッパ・ブックスの時代』河出書房新社）。最初のタイトル案に「果てしなき流れの果てに」と、先行作に近い文言が入っているのは、小松の当初の構想に「日本沈没」をも一環として含む惑星レヴェル、宇宙レヴェルの巨大な虚構史の創作という目論見があったのかもしれません。

ところがその創作は難渋を極めました。連載の翌年、六六年六月に上梓された単行本初版の「あとがき」にこうあります。

書けば書くほど、どうにもならないほど気が滅入《めい》り、四、五回ごろには、連載を放棄しようかとさえ思うようになりました。体も若干不調ではあったのですが、どうも自分が換起《ママ》したイメージに、自分がまいってしまうという、自家中毒にも似た奇妙な現象がおこったらしいのです。——こんな時に、体の不調が重なったのは、かなり痛手でした。連載の中盤にかかって、主題が無限に拡散しつつある時には、この拡散の傾向に、しっかり手綱《たづな》をかけるのに、かなりな「気力」が必要なのですが、ご存知のように、気力は体力によって、ささえられる所が大きいからです。（「初版あとがき」『果しなき流れの果に』ハルキ文庫）

現在でも国内長編ＳＦの代表的作品として挙げられるこの小説は、物語としての興趣には富んでいるのですが、作者の生みの苦しみを反映するかのように、スムーズに読み進められないところがあります。

まず物語の舞台、場面が時空を超えて目まぐるしく転換します。恐竜の跋扈する中生代の描写から始まり、二十世紀半ば過ぎの日本、約三百年後の静止軌道上に浮かぶ定点衛星、太陽の異常爆発で破滅に瀕している二十一世紀末の火星と地球、人類を滅亡から救い出すべく異星より来現したという者たちの宇宙艇の内部、一九六〇年代のニューヨークのむさくるしい探偵事務所、中期旧石器時代の針葉樹の森……という具合に一見脈絡なくジャンプします。しかも構成に趣向が凝らされていて、複数のストーリーラインが並行したり、断続したり、時間が前後したりするので、物語の全体像、主軸となる話線がなかなか摑みにくくなっています。

そもそも登場人物の数がかなり多い上に、二人の主人公格の作中の名称が一定ではありません。その一人、野々村浩三は、物語の中盤以降Ｎと表記されることが多く、また四十五世紀の植民惑星ではＫ・ノアヴィルを名乗る男として立ち現れます。もう一人の主人公格、松浦ノブヤは、「アイ」という名の純粋意識体と融合した後は、名前も融合させてI・マツラ、または単にマツラと表記されます。そのアイは、ムッシュウ・M、アイザック・ゲイン、〝隊長〟、『声』などの異名でも登場し、松浦との融合後は上述したようにI・マツラ、マツラと呼ばれます。

また、この物語では、進化した高次の意識は肉体を離れて存立できます。その存在性質は一般にいう〝霊魂〟〝霊体〟に極めて近い。認知科学や人工知能研究を経た現在の視点でみれば〝局在的、凝集的な処理パターンに意志を加えた情報体〟といったところでしょう。先に触れたアイは、準主人公的な高位の純粋意識体です。アイのような者たちは意識のみで自存できますが、時と場合に応じて肉体化《インカーネート》します。肉体化の方法はさまざまで、例えば脳髄に相当する部位を欠いた有機系アンドロイドに移入する場合もあれば、まるで〝憑依〟するかのように他者の意識に己を融け込ませる場合もあります。松浦との融合は後者の例。さらに高位の純粋意識は複数の意識の融合や他の意識の吸収も可能です。

こうした事情から、主人公や中心人物の立場、視位を通読の定点とするのにも困難が伴います。

人間関係——主人公たちの恋愛関係や血縁関係もやや込み入っていますが、これは物語の妙味でしょう。趣向という点でいえば、断片的にもみえる多くの挿話に伏線が張られていて、それを辿っていくのも一興かもしれません。

例えば、この作品において一際印象的なのはプロローグです。そこには倒した剣竜を貪り食っていた大型肉食恐竜が、傍らの洞窟の奥で鳴り響く金色の電話器に気付き、熱《いき》り立つ、という有名な一続きのシーンがありますが、この奇を衒《てら》ったかにみえるシークェンスも、後の重要な展開の伏線だったことが、第七章、第八章で判明します。

## あり得ない人工物《オーパーツ》と怪事件

全体の構成は十の章立てより成る本編に、プロローグと二つのエピローグが付されていますが、第一章「象徴的事件」と第二章「現実的結末」および「エピローグ（その2）」までが事実上の第一部といえます。そして続く第三章「事件の始まり」から第十章「果しなき流れの果」、および「エピローグ（その1）」までが第二部で、事実上の二部構成の作品です。

第一部の一章、二章では一九六〇年代後半（本作連載、出版時からすれば、ほぼ〝現在《プレゼント・デイ》〟）に日本で起こった一連の奇怪な事件が、概ね通常の時間の流れに沿って描き出されます。

事端となったのは遠い古《いにしえ》の遺物でした。畿内の大和葛城山近辺で千七、八百年前の異様な形状の古墳が発掘されます。古墳の大きな玄室には安置されてあるべき棺が見当たらず、玄室と外部を繋ぐべき羨道《えんどう》がなぜか二本備わっていました。これだけでも稀な構造なのですが、羨道のうちの山腹の方に延びている一本は五〇メートルほどで途切れていました。これでは外部への通路という機能が果たせません。

その行き止まりの岩壁には、もっと異様なものが挟まっていました。それは「砂時計」でした。しかも古墳とは比べものにならないほど古い六千万年前の岩層から見付かったといいます。恐竜が絶滅した頃に「砂時計」を作る者などいようはずはありません。この地質学の常識を超えた出土品の動作は、通常の物理をも超えていました。

それが、ふつうの砂時計ではないこと、砂時計としては、まったく役に立たないことは、ほんの二、三秒見つめていれば、すぐわかった。

いくらこぼれても、上の砂溜めの砂はいっこうにへらず、下の砂溜めの砂は、少しもふえないのだ！（「第一章　象徴的事件」『果しなき流れの果に』ハルキ文庫）

では、上下を覆したらどうなるか。

――ひっくりかえすと、砂は反対の方向にこぼれはじめる。やっぱり、いくらおちてもへらず、いくらうけてもふえない。（同前）

K大史学部の番匠《ばんしょう》谷《や》教授はこの奇怪な装置を、高校時代の同窓である大泉教授のラボに持ち込みます。学界で「なんでも屋」と陰で揶揄されている番匠谷の手にも余る代物であったため、N大理論物理研究所の科学者の協力を必要としたのです。大泉はただ一人の「助手」、いまでいう助教の野々村を呼び出し、常識外れの遺物の解明と古墳探索の手助けを依頼します。

物理学者の大泉も、番匠谷同様、斯界では「マッド・サイエンティスト」扱いされている奇士らしく、研究室での会話でこんなことを語っています。

「現在のように、いろんな学問の境界領域が問題になってくると、学問全体が、だんだん魔法の体系にちかづいてくるよ。――すでに物理学が、検証可能の領域からぬけ出して、モデル形成の時代に首をつっこみつつあることは、君も感じているだろう？　不確定性原理が、ガンマ像顕《けん》微《び》鏡《きょう》という、仮想の道具を前提にしてたてられた、というので、アインシュタインが最後まで反対したのは、有名な話だ」（前掲）

この発言中の「魔法の体系」を広義の文学を含むものと解釈すれば、小松自身の「科学と文学」あるいは「実《リアル》と虚《イマジナリー》」についての信念の表出と看做すことが可能です。小松はこのような見方、考え方を晩年近くまで呈示し続けました。その思想については後に詳論します（第5章、二三一ページ）。

また、かかる現代科学観は、『果しなき流れの果に』という物語が、最終的に一種の救済として指し示す超宇宙モデルのリアリティを予め担保するものと捉えることもできるでしょう。

こうして主人公の一人、野々村浩三はまるで「砂時計」に誘《いざな》われるように未知の領域に足を踏み入れていくのです。

野々村と番匠谷は古墳を調査するうちに、新たに奇妙なものをみつけます。玄室の床に「ネクタイピンほどの大きさの、うすい、白色の金属片」が落ちていたり、件の突き当たりの岩壁に「子供の科学漫画などに描かれている光線銃」のような形状の「機械の陰刻」が見つかったり……。そこには、後段の展開を暗示するような謎めいたアイテムが、まるで招餌（おきえ）のように残されていました。

さらに野々村は、古墳を穿鑿しようとする彼らの身辺に、不審な人影が忍び寄っていることを察知します。不審者は一体何の目的で、二人の学究の行動を密かに監視したり、身分を偽って近づこうとするのか……。いうまでもなく「砂時計」や古墳の謎もまた伏線であり、第二部後半にいたってその正体が明かされていきます。

やがて物語は急展開を遂げ、古墳に関わった人々が突然死したり、失踪したりします。番匠谷教授にいたっては、何者かに頭部を強打され重傷を負い「生ける屍」と化してしまいました。こうして一連の「事件」は、伝奇小説じみた結末を迎えます。

そして野々村までもが時速七〇キロ近くで走行するタクシーのなかから忽然と姿を消す……。

**時空の果てを尋《と》めゆきて、涙さしぐみ帰り来ぬ**

彼が「遠い遠い所へ」「長い長い旅へ」行き立ってしまうのではないかという、根拠のない予感に駆られた女性がいました。野々村の恋人、鴨野佐世子です。彼の失跡直前、不安に急き立てられるように二人は契りを交わします。情事の後、佐世子は眠りに落ちてしまい、野々村はホテルの窓から星影をみつめて独り思いに耽ります。

虚無とはなにか？『時』とはなにか？　時の流れの果てにあるものは？　宇宙の終末は？　そして、地を這《は》うものの末裔《すえ》の、暗黒の心の中に芽ばえながら、なおみずからをうみ出したものをこえて、純一で透明なフィルムとして、宇宙と同じ大きさにひろがり得る意識とは？

獣の裔《すえ》にうまれて、みちたりた腹と、あたたかい洞窟《どうくつ》の暗がりに、かぎりなく幸福な眠りをむさぼることのできる人の心が、同時に、虚無と抽象のはての、巨大な宇宙の姿をうつすことができるのはなぜか？——星辰の描き出す文字に、かくもはげしくひかれるのはなぜだろう？（「第二章　現実的結末」『果しなき流れの果に』ハルキ文庫）

何故、人間は宇宙を意識するのか。宇宙を完全に理解し、その全体を写し取らんとする意識の志向性はどうして生じたのか。かかる問いに対しては、第十章、最後の章で「存在の鏡」そして「虚像の自立性」という答えが呈示されます。

小松は、この意識の存在論的規定を本作において、また爾後の小説や評論においても、繰り返し、手を替え品を替えて語ります。小松作品の枢要なモーティヴの一つとみていいでしょう。

取り残された佐世子は彼への思いをいよいよ強くし、失踪までの行跡を追い、何とか行方を突き止めようとします。しかし杳《よう》として知れない。

野々村をかけがえのない存在と思い定めた佐世子は、彼の不意の帰還をひたすら待ち続けるしかありませんでした。ただ野々村が思うさまノートに書き付けた『時間と認識』という題のエスキース（草稿）が、佐世子には十分理解の届かないところが多々あったにも拘らず、妙に心に残りました。書き手にとっては「単なる思いつきのメモ」に過ぎなかったこの論文草稿こそが、第二部において全時空を統べんとする者たちに抗う勢力の後継指導者として、野々村（N）が指名される決め手となります。それはこう書き出してありました。

認識ということを考えると、時間には、過去、現在、未来の三次元の相のほかに、〝高さ〟という次元が考えられるのではないか？　そのもっとも、端的な啓示は、われわれが未来へすすめばすすむほど、過去というものは遠く、正確に認識できるようになって行くということである。（「エピローグ（その2）」『果しなき流れの果に』ハルキ文庫）

まさに野々村は他の主体と融合しながら、全時空間を見渡せる〝高み〟に上り詰め、さらにその限界をも突破することになりますが、それも第二部最終章の話です。

第一部の「エピローグ（その2）」では、葛城山麓にある鴨野家の古家に住み着いた佐世子が、古墳との不思議な縁《えにし》を見出します。

彼女は伯父鴨野清三郎が、やはり、あの奇妙な事件の一端に、しっかりむすびつけられているのを知って、口もきけないほどおどろいた。――伯父こそが、あの奇妙な古墳の最初の発見者であり、番匠谷教授の案内者であり、そして野々村や番匠谷教授が、古墳をたずねたその日の朝、家を出たままかえってこないことを……。――してみると、彼女もまた、同じ事件の糸に、知らぬ間にからめられていたのだ。

けれども、かような事件との奇遇を知ったところで、佐世子には何らなす術がありません。待つことを除いては。

やがて彼女は独り身のまま齢《よわい》を重ね、静かに老いてゆきます。有髪の尼のように、経典代わりに野々村の残したノートを繙きながら……。

いつしか老婆になった佐世子の家に、一人の男が住み着きます。男は佐世子と同じくらいの歳で、寄る辺なく、自分の名前さえ憶えていませんでした。この老爺《ろうや》を彼女は同居人として受け容れます。

　二人のようすは、まったく仲むつまじかった。――いつもならんで、日なたぼっこしては、老爺は山を見上げて、なにかぽつりぽつりとしゃべり、老婆はその話にじっと耳をかたむけながら、眼鏡をかけ、おぼつかなさそうな手つきで、ていねいに、蜜《み》柑《かん》の房の、すじをとってやったりしていた。（「エピローグ（その2）」『果しなき流れの果に』ハルキ文庫）

佐世子はこの年老いた男を遥か昔に失跡した恋人、野々村と信じていました。然るに彼女の没後、老人はそれを否定します。自分は身寄りのない旅の者に過ぎないと。彼女は誰か待人《まちうど》と間違えたのだと、そういい残して、まるで佐世子の跡を追うように年寄は息を引き取ります。

結論をいえば、彼は野々村であり、かつ野々村ではなかったのです。作者もこのことについて明言を避けているようですが[*1]（『自伝』）、老爺の素性に関しては、第二部五章、六章のエンパイア・ステート・ビルにある探偵事務所の意味ありげな一齣や終章の後に置かれた「エピローグ（その1）」で、かなりはっきりと示唆されます。

小松は『果しなき流れの果に』全体のプロットを説いて、「いなくなった人がいつか帰ってくる。その間に昔のことを知っている人はいなくなっている」話、「時空の果てをとめゆきて、涙さしぐみ帰り来ぬ」という物語だと述べ、ホメーロスの作とされる古代ギリシャの長編叙事詩『オデュッセイア』[*2]や「浦島伝説」、イプセンの『ペール・ギュント』などを原型として挙げています（『SF魂』、『SFアドベンチャー』一九八八年十一月号）。さらに森鷗外の短編を劇作家の宇野信夫が新作歌舞伎に仕立てた『ぢいさんばあさん』も

「エピローグ」の描写の参考にしたといいます。

　長い間牢屋に入っている男を女が待っている。年齢《とし》取って帰ってきたその爺さんと婆さんの細やかなやりとりがよくて、あっ、これをラストシーンにしようと。（『自伝』）

してみると、つまりこれが〝帰還〟の物語であるからには、老いた佐世子の前に姿を現わした老爺はやはり野々村そのものであるか、少なくとも彼のアイデンティティの一部が野々村を引き継いでいるのでなければ平仄《ひょうそく》が合いません。当初、老人は空白の時間に何があったのかをなかなか話したがりませんでしたが、佐世子に促され、せがまれてやっと重い口を開きます。まるで〝胡蝶の夢〟のような「あいまいな長い物語り」を。

　野々村の辿った道程がどれほど波瀾に富んでいたのか。その途方もなく長い彷徨で、彼は何をみたのか。第二部でようやくその全容が明かされるのです。

## 闘いの構図

しかし、第二部において直ちに物語の全景が見渡せるようになるわけではありません。一億年を超える時空間に鏤《ちりば》められたジグソーパズルのピースのような幾つかのエピソードを読み進むにつれ、全体の構図がおもむろにみえてくるという仕掛けです。そうして明らかになるのが、この宇宙の根本的な在り方をめぐって、二つの勢力が時空を超えて闘争を繰り広げている様《さま》なのです。

第二部は「事件の始まり」と題された第三章より開幕します。この章の主な舞台は二十三世紀の地球圏。保安省秘密調査部のムッシュウ・Mと呼ばれる男が「東経百度、赤道のほとんど真上、三万六千キロメートルあまりの宇宙空間にうかぶ」定点衛星を訪れます。

標高三七〇〇メートル地点、スマトラ島のクリンチ山（作中ではケリンチ山と表記）の頂上付近に設けられた地上基部から四人乗りの卵形のヴィークルに乗り込むと、約三万キロを急上昇し、四十分ほどで衛星の研究施設に到着します。この乗物は、作中では「電磁エレベーター」と呼ばれる、まさに地上と宇宙とを連絡する昇降装置の〝かご〟なのです。

地表から静止軌道までを行き来するための、この大掛かりな昇降機は、今日では「軌道エレベーター」あるいは「宇宙エレベーター」と呼び慣らわされ、実現可能性が追求されています。もちろん、なお研究や実験の段階にあり、現在どこかでこの「エレベーター」が稼働しているわけではありませんが、本作が書かれた一九六〇年代半ばには構想自体が一般には知られておらず、知っている人々の間《あいだ》でも夢想の類と看做《みな》されていたのに比べれば、状況は様変りしたといえるでしょう。

SFの世界では「宇宙エレベーター」の建設をテーマとしたアーサー・C・クラーク[*3]の『楽園の泉』がよく知られていますが、この作品は一九七九年の発表です。その十四年前に上梓された『果しなき流れの果に』には、この未知の移動手段の仕組みや態様がかなり精細に描出されていました。これは一驚に価する事例です。

小松左京は、先端的な科学理論や未完のテクノロジーを小説の道具立てとして積極的に取り入れます。本作の「宇宙エレベーター」のみならず、核酸だけで増殖、感染する病原体（〝増殖する化学物質〟！）の存在を予見した『復活の日』や、長年学界で僻説《へきせつ》扱いされてきたプレートテクトニクス理論を大胆に取り入れた『日本沈没』など枚挙に暇がないほどです。余談ですが、『復活の日』の「増殖する化学物質」と呼ぶに相応しい病原体、ウイロイド（ヴァイアロイド）の存在が植物病理学者のセオドール・ディーナーによって確認されたのは、『復活の日』刊行から七年の後、七一年のことでした。

しかし小松SFにあっては、それらはあくまで物語にリアリティを吹き込むために揃えられた小道具に過ぎず、いくら先取的であってもそれ自体がテーマになることはありません。

この「電磁エレベーター」の到着地点は、赤道の遥か上空の静止軌道上にある「超科学研究所」の施設でした。定点衛星と呼ばれていますが、実質は外径約二〇〇メートルのドーナツ型宇宙ステーションです。

ムッシュウ・Mは、最近、天空の研究施設で三回も事故が相次いだ案件を調査に来たということになっていますが、実は保安省の人間という肩書きも、その任務もすべて偽装で、彼の真の目的はまったく別のところにあります。一体Mは何者なのか？

## 全宇宙を統べんとする者と叛徒たち

研究所は、不可解な事故の続発の背後にある何らかの事象を隠している。まずそれを探ることがMの目的でした。

果たせるかな、Mの行った聴取によってファクトが明るみに出ます。

闘争の構図

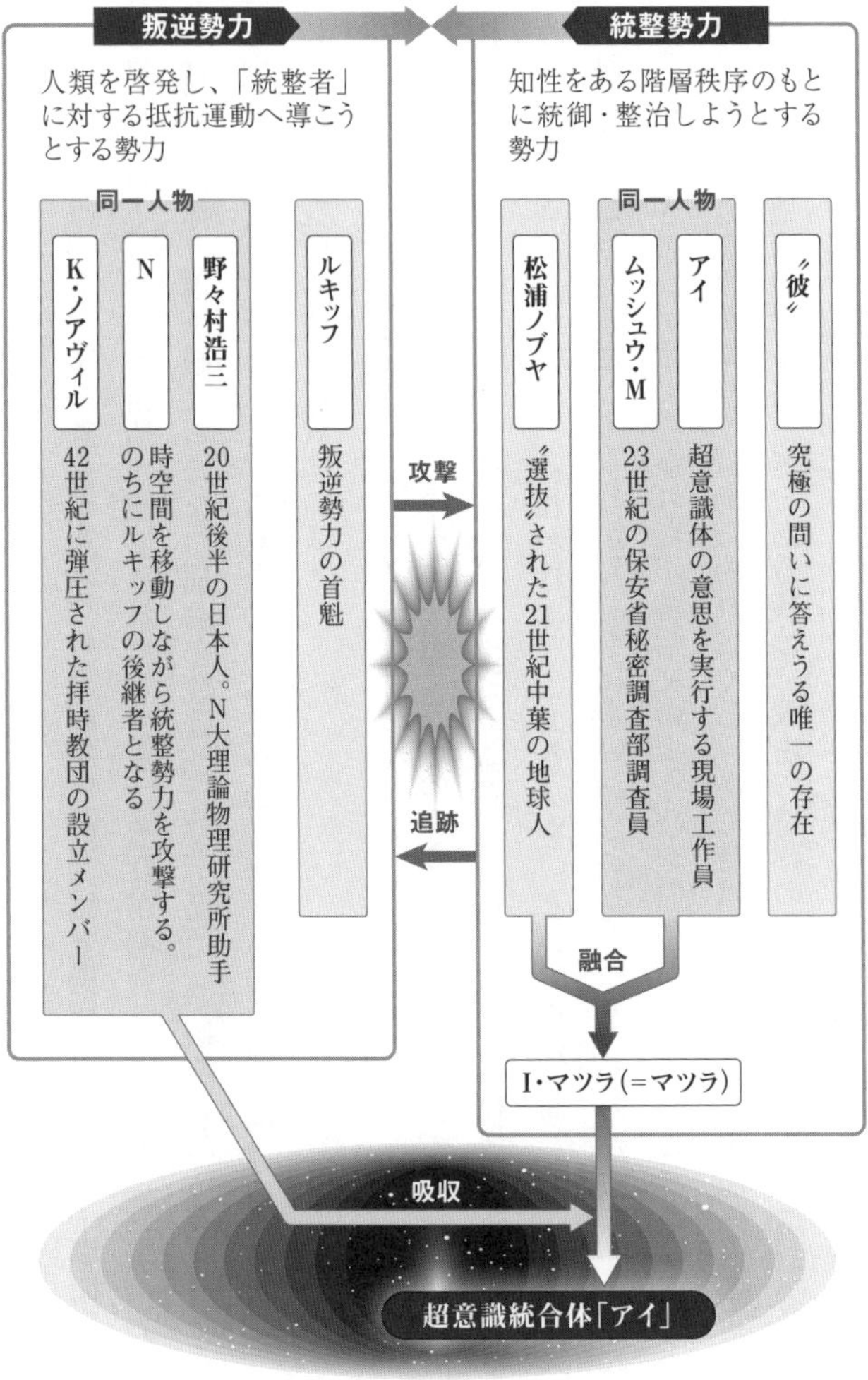
叛逆勢力
人類を啓発し、「統整者」に対する抵抗運動へ導こうとする勢力
同一人物
K・ノアヴィル
N
野々村浩三
ルキッフ
20世紀後半の日本人。N大理論物理研究所助手
時空間を移動しながら統整勢力を攻撃する。のちにルキッフの後継者となる
42世紀に弾圧された拝時教団の設立メンバー
叛逆勢力の首魁
攻撃
追跡
統整勢力
知性をある階層秩序のもとに統御・整治しようとする勢力
同一人物
松浦ノブヤ
ムッシュウ・M
アイ
〝彼〟
〝選抜〟された21世紀中葉の地球人
23世紀の保安省秘密調査部調査員
超意識体の意思を実行する現場工作員
究極の問いに答えうる唯一の存在
融合
I・マツラ(＝マツラ)
吸収
超意識統合体「アイ」

まず研究所が保有する複数の電子脳衛星がディスカッションをし、ある結論を導き出しつつあったという事実です。ところが、その推論が確証を得る前に、二機の電子脳衛星とそれをコントロールする宇宙船が破壊されてしまう。それが都合三件の「事故」でした。研究所は残る五体の電子脳たちになお推論を続けさせ、「事故」で頓挫した結論に達する過程を前進させます。そうして得られたのは〝二つの未来からの干渉〟の可能性でした。それについて研究所の所長が説明します。

一つは、——歴史の上に、点々と、道しるべのように、ばらまかれている。われわれの発見を待っている、ありうべからざる奇妙さを通じて、われわれに、なにかをうったえようとしている。われわれに、この意味を、といてくれ、読みとってくれ、と叫んでいるみたいだ。——しかし、なにをいおうとしているのかわからない。われわれに、わからない字で書かれた、落《おと》し文《ぶみ》のようなものだ。一つ一つの現象は、まったくバラバラなカテゴリイにあらわれてくる。ある時は、土中から——深いところにある、古い地層の中から。……ある時は、太古の遺跡の中から——ある時は、突然地上にあらわれる。奇妙なしるしとなり、ある時は、意味不明のことを叫びつづける、

奇妙な幽霊の形になって……（「第三章　事件の始まり」『果しなき流れの果に』ハルキ文庫）

「深いところにある、古い地層の中」や「太古の遺跡の中」といった台詞の端は、直ちに第一部の奇怪な形状の古墳やその近傍のより古い岩層から出土した奇妙な物品《オーパーツ》を連想させます。

「もう一つは――その訴えを、さまたげようとする未来からの干渉だ」「われわれが、――現代のわれわれが、その不思議な声に、耳をかたむけようとするのをさえぎり、われわれの手に入れた、いくつかの証拠を消し去り、われわれの知識をうばい、大局的に、人類全体の関心を、この方面からそらそうとしている、見えない手だ」（前掲）

所長によれば、この対抗的な二つの力の干渉は二十一世紀後半から急激に激化し、何らかのメッセージを感じさせる遺物の発見とその隠滅とが繰り返されているといいます。

いまひとつのファクトは、五番目の電子脳衛星（資料衛星No.5）の倉庫に保存されている、古いニホン製テレビに映し出された映像でした。その旧式のテレビはすでに通電していないにも拘《かかわ》らず、ブラウン管の画面に人の影が朧に浮かんでいます。

「このテレビは、三百年ほど前、東洋の、ある病院の、病室におかれていた……」「その病室の病人は、長い間わずらって、死んだ。――テレビはその間、ずっとそこにおかれていた。だいぶあとになって、その病室に別の病人がはいった。と――彼は、まもなく、夜中に、スイッチを切ったテレビの画面に、死んだ病人の顔らしいのものがうつるのをみた」（「第三章　事件の始まり」、前掲書）

　そこに映じているのは、暴漢に襲われ瀕死の怪我を負った番匠谷教授の姿だった。所長は画面のなかの番匠谷が訴えていることをMに伝えます。

　彼は危篤《きとく》状態にある時、古く〝離魂《りこん》〟とよばれる現象をおこした。――彼の意識は、いま――つまり、その時以来、われわれの概念でいうような、時間も空間もない場所にとじこめられている。しかし、その場所からは、われわれにとって、まったく見えないものが見え、理解できないものが、理解できるという。で——彼は、彼の見聞したものについて、われわれに、なにかしきりに警告をあたえつづけている。（同前）

その警告とは「未来から干渉してくる二つの力について」のものでした。何と、五つの電子脳が出した推論や討議の末に辿り着いた結論とまったく同じ事態を、番匠谷ははっきり警告として発しているというのです。

所長の話がこの急所にいたるや、Mは銃を取り出しテレビを撃ちます。そして資料衛星No.5は突如壊裂し、跡形もなく宇宙空間に砕け散った。所長と作業中の所員と保安省所属らしき者が衛星にいたことは確認されましたが、遺骸は一体も収容できませんでした。

Mは、所長の説明にあった〝二つの未来からの干渉力〟のうちの一方の側に立つ者だったのです。つまり〝第一の干渉〟によって歴史上にばらまかれた、人類に宇宙の真相を知らせ、警告するメッセージを阻害し、破却しようという勢力。その〝第二の干渉〟を実行せんとする工作員アイがムッシュウ・Mの正体でした。

第二部、とくに第三章から第九章までは、この未来から干渉してくる二つの勢力によって、並行世界《パラレルワールド》をも含んだ全時空間を舞台に繰り広げられる抗争劇、厳密にいえば転戦と逃走、そして追跡の劇が描かれます。

一方が、宇宙をあまねく支配下において、それを円滑に管理し、そこに生まれてくる全知性の進程を制御し、ある階層秩序の下に総轄しようとする勢力。彼ら、第二の干渉の主体は、いわば世界の〝統整者〟なのです。

そして、その秩序構築に徹底的に抗い、必然性や定向性から逸脱しようとする勢力が一方にある。第一の干渉とは、人間という未熟な知性体に対する啓発活動であり、抵抗運動へと導くプロパガンダの意義を帯びていました。反対勢力は、宇宙の管理、制御を徹底しようとする側、究極の体制側によって全時空間に張り巡らされた捜査網を掻いくぐってゲリラ戦を展開します。統整者たちは彼らを「叛逆者」扱いしています。

## 偽りの「救済」劇

二十三世紀の研究衛星破砕事件の顛末《てんまつ》に続き、第四章「審判者」では二十一世紀半ばの、太陽の異常爆発で強烈な放射線と熱波が押し寄せ人類が絶滅の危機に瀕している状況が描かれます。災厄の日を目前にして、危機を予察していた人間たちは、〝種〟を守るため、ごく少数を選別して何とか生き延びさせるプランを施行していました。

この危急存亡の秋《とき》に、宇宙艦艇の大編隊が飛来します。その船団を指揮していた「宇宙人」の代表は、いま迫り来る災禍の規模について、地球人が予測したものより遥かに大きく、現下の生路計画では、誰一人として、一握りの少数者すら生き残れないと断言します。

> 最大規模フレアは、変動開始後、数十時間から数百時間後におこり、その影響は、遠く第四惑星軌道をこえて、小惑星帯にまでおよぶでしょう。――あなたたちは、有史以来、はじめて、そしてたった一度、母恒星の大変動にであうわけだ。予測がつかないのは当然です。（「第四章　審判者」『果しなき流れの果に』ハルキ文庫）

そうして、突如大船団で現われた「宇宙人」はわれわれならば確実な血路を開くことができると告げます。だが、そのためには、「地球種知的生命体」よりもずっと進んだ科学技術と高度な知性を備えた自分たちにすべてを委ねてもらう必要がある、というのです。剰え、もしこの提案が地球人に受け容れられなくとも、己が選択基準で「ある種の方たち」を選び出し、強制的に「われわれの世界」に連れて行くと宣言します。人類は唯々諾々と従う以外になかった。

しかし、この局面においても背後で二つの勢力が競り合っていました。「宇宙人」による救済劇そのものが統整者たちの筋書きに沿ったもので、その主眼は滅びからの救抜ではなく、「地球種知的生命体」の選別——彼らの言葉を借りれば「収穫」——にあったのです。

ここでもう一人の主人公格、松浦ノブヤが登場します。松浦は統整者たちに選抜され、第三章でムッシュウ・Mの名で現われたアイの純粋意識と合体し、I・マツラとして「叛逆者」を摘発し、彼らの指導者ルキッフを捕らえ、その組織を壊滅に追い込むミッションを遂行します。

他方、松浦の親友で、地球上で生命と文明の終末を見届けようとしていたハンス・マリア・フウミンは、宇宙艦隊到来の混乱の最中《さなか》、何者かに誘《いざな》われ、「叛逆者」の側に身を投じることになります。ルキッフの指揮するそのゲリラ組織には、すでにNこと野々村浩三が属していました。

野々村は二十世紀半ば過ぎの、走行するタクシーから統整者側の末端工作員に連れ去られそうになったのですが、超空間を移動中に、その男を殴り倒し逃亡したとされています。

このように筋の展開に従って、野々村（N）、松浦とアイ（融合してI・マツラもしくはマツラ）の立ち位置が明瞭になります。同時に大状況における対立構図も次第に浮かび上がり、そこに登場人物たちの私的運命――恋愛や交友、親子などの人間模様が絡まりながら、物語の絢《あや》が織り出されていきます。

## 『幼年期の終わり《チャイルドフッズ・エンド》』を超えて

上空に宇宙船団が訪れ、搭乗していたエイリアンによって、遅れた人類が屈服させられ、善導されるという第四章のプロットは、クラークの『チャイルドフッズ・エンド“Childhood's End”』に通底しています。『幼年期の終り』『地球幼年期の終わり』などの訳題で知られた、一九五三年刊行の名作です。

小松は『チャイルドフッズ・エンド』の本作への影響を訊かれて、認めています（『自伝』）。

『チャイルドフッズ・エンド』は、オーヴァーロード（翻訳によって上帝、上主、最高君主などと訳される）と呼ばれる宇宙人と地球人との交渉史を主軸とする物語です。人類が本格的な宇宙進出に乗り出そうとする二十世紀後半、彼らは満を持して――人類からすれば唐突に――地球を訪れ、そこに住まう知的生命体、即ち人類に承従《しょうじゅう》を求め、指導を開始しました。オーヴァーロード側の知力、実力は圧倒的で、私達の科学力や軍事力では蟷螂《とうろう》の斧ほどの反抗も適いません。オーヴァーロードが施すのは善なる教導であり、彼らの介入のお陰で、恒久的平和が実現し、差別や残虐行為は止み、軋轢と闘争、専制と隷従、圧迫と偏狭は地を掃《はら》いました。

> 昔の標準からすれば、まさにユートピアの時代が訪れている。無知、疾病《しっぺい》、貧困、恐怖は事実上姿を消した。戦争の記憶は、暁《あかつき》が追い払う悪夢のように、過去に没し去ろうとしていた。やがて生きている人間で戦争を経験した者は一人もいなくなるだろう。（沼沢洽治訳『地球幼年期の終わり』創元SF文庫）

その反面、エイリアンの〝完璧な統治〟の下で、ほとんどの地球人は目標を見失い、探究心や向上心、好奇心すら阻喪し、進歩を放棄してしまいました。

ところが、オーヴァーロードの統治が始まって、およそ一世紀が経った頃、児童の世代の一部に変化が生じます。子供たちが宇宙の夢を頻繁にみるようになったのです。彼等は、夢のなかで遠く離れた天体や惑星の姿をリアルに体感しました。夢の〝素材〟を彼等の記憶に求めてもまったく認められません。普通の夢とは異なる夢。しかも、夢見の度に地球から遠ざかっていきます。程なく子供たちの意識において夢と現実との境がなくなり、親とのコミュニケーションは途絶し、個としての自我の纏《まとま》りすら稀薄になっていった。オーヴァーロードはこのように急速に変貌を遂げつつある子供たちを殊の外、高い注意を払って監視していました。

延いてこの変態《メタモルフォーゼ》は、十歳未満のすべての子供に波及していく。この段階にいたり、はじめてオーヴァーロードが何故百年もの間《あいだ》、管理、制御を施したのか、人類への介入の目的が明かされます。オーヴァーロードは、もはや人間とは呼べない存在にまで進化する次世代の「助産師」であり、いわば〝孵卵装置《インキュベーター》〟だった。さらに〝孵化〟後は、その後見人の役を果たすというのです。

子供たちの意識は程なく完全に個別性を失い、単一の生命体へと凝集されていきます。そして彼等は、いや、もはや一体となった〝彼〟は、オーヴァーロードよりも上位の宇宙を統べる超越的意識体、オーヴァーマインド（上霊、主上心などと訳される）に取り込まれ、包摂されてしまうのです。人類に対し啓蒙君主のごとく振る舞っていたオーヴァーロードも、オーヴァーマインドからすれば、陶工にとってのろくろであり、要するに道具に過ぎませんでした。ちなみにこの喩えでいえば、ろくろの上に載せられた粘土は人類を意味します。しかしそこで成型された粘土が美しい陶器に仕上がるように、人類はいずれオーヴァーロードを超えた高位の境地、オーヴァーマインドの世界に達するといいます。

> 私たちは地球の保護者だ。それ以上のものではない。きみたちはしばしば疑問に思っていたことだろう――私たちの種族は宇宙のヒエラルキーのどのあたりに位置しているのかと。私たちはきみたちより上にいる。同じように、私たちの上にも別の種族がいて、彼らの目的のために私たちを利用している。（池田真紀子訳『幼年期の終わり』光文社古典新訳文庫）

『果しなき流れの果に』で描かれる宇宙にも、意識や知性のレヴェルによるハイアラーキー（「ヒエラルキー」）があります。作中では「階梯」と呼ばれ、人類は「肉とともにほろびる意識」、つまり肉体の死とともに意識、精神も断滅してしまう種族であり、「第二階梯」に属するとされています。

この階層性においても、高次の知性体が私達を管理、制御し、「収穫」するという干渉の構造においても、『チャイルドフッズ・エンド』と『果しなき流れの果に』は似ています。

しかし前者には、全編に抗い難い宿命への諦念のようなものが漂っているのに対し、後者は激しい争闘の過程として描き出される。ここに大きな違いがあります。小松左京は予定調和を嫌い、そこに二つの勢力、管理と逸脱、秩序と壊乱、統整者と叛逆者の対立、抗争を持ち込んだのです。

作家で批評家の笠井潔は『チャイルドフッズ・エンド』にみえる「クラーク的解決」に小松は満足できなかったのだ、と推しています。

進化しうる種族と進化しえない種族との不平等、オーバーマインドの「下僕」でしかありえぬオーバーロード族の悲哀と屈辱、進化した子供たちと滅亡する地球人類の断絶、等々。クラークは、ここから成長しえたかもしれぬ主題を、一方では、オーバーロードの「運命愛」に、他方では、最後の人類であるジャンの、一瞬が永遠に転化する特権的瞬間の体験に集約することで、未展開のままに完結させてしまった。
（「宇宙精神と収容所——小松左京論」巽孝之編『日本ＳＦ論争史』所収、勁草書房）

これに対し『果しなき流れの果に』では、全時空を総轄《そうかつ》しようとする統整者の側も無欠ではありません。ルキッフの部隊によるゲリラ活動に手を焼いています。

## 〝闘争〟から〝超越〟へ

物語の舞台は、中生代白堊紀や旧石器時代の地球から四十五世紀の鯨座タウ《タウ・ケチ》星系第五惑星まで、パラレルワールドをも叉に掛けて転々としますが、そこで繰り広げられる闘争の構図は不変です。

これを単純な二項対立的、二元論的シェーマと捉えるのは実に見易い理解でしょう。例えばルキッフという反乱側の首魁の名は、キリスト教で魔王の別名ともされる堕天使ルシファー（ルチーフェロ）から取られたものですから、どうしても善悪の対決、またはその逆転の劇と看做したくなります。

統整者の側の干渉の仕方はいかにも謀略的で、秘密警察を思わせます。笠井潔はそこに「強制収容所」や「ナチス的優生学実験」の印象を読み取っています。けれども、ルキッフも敵を捕虜になどせず、殲滅せよと指示します。同志の犠牲の事例を示し「眼には眼を、だ」と言い放つ。

単に統整側だけが冷血な存在として描かれているわけではありません。どちらか片方を善、片方を悪と規定するのではなく、むしろ共にある限界に逢着《ほうちゃく》しており、その限界こそが互いを戦いに引きずり込んでいる可能性を暗示します。

例えばアイがまだ松浦と合体する前、潜入工作のためにムッシュウ・Mとして肉体化《インカーネート》した折、意識が再構成される直前の朦朧状態のなかで「〝彼〟」と直接話すという件《くだり》があります。

〝彼〟とは、アイの属する統整組織の上司と思しき者によれば〝なぜ無限にある星々のなかで、ある限られた星だけが生命体を担うことになったのか？　何故、生命体のある種だけが、知性を発達させることになったのか？　どうして、この私は実在し、しかも、いまここに在らねばならないのか？〟といった究極の問いに答え得る唯一の存在とされています。おそらく統整側の、最も高い「階梯」にある精神体、審級のことを〝彼〟と擬人的に呼んでいるのでしょう。それまで〝彼〟と直に会話した者はいなかったようです。
　意識の混濁したアイに〝彼〟はこう語りかけます。

「認識は、いつしか達成されるはずだ。そうだろう？」「それまでに意識はほろびる。人間という種も――その意識もほろびる。だが、達成された状態というものは、想像できるはずだ」「言葉を考えればいい。『認識の達成』という概念さえ、明確であれば、そういうことが、仮りに考えられる状態であるとすれば、それは可能なのだ。そうだろう？　意識の中に浮かんだことは、どんな奇矯なことでも、実現する。いかなる妄想《もうそう》も、実在としての正当性を持っている」
「認識には、終焉はない。あるのはかえって、時間のほうだ。空間は曲がっていて、閉じられている。とすれば、時間もまた、有限で閉じられている。空間と同じように、始めと終りがつながる。終焉は初元とつながるのだ。だが、時間が終ったあとも認識は発展する。認識することは、時空間とはまた別な方向へ、意識が脱出して行くことだ」「閉じられた、時空間を越えて……」「終焉が始元とつながって、一切の現象が完成されてしまう時、認識はその円環を完全に脱却して――その外に立ち得る。この世界のすべてを知るこ

とができながら、なおかつ、それで終りはしない」（「第三章 事件の始まり」冒頭）

「閉じられた、時空間の外へ」「閉じられた、時空間を超えて」……。〝彼〟なるものが語った独特の実在論的認識論や仏教の解脱説にも似た〝宇宙超出論〟は、本作から『虚無回廊』にいたる小松左京の〝宇宙構造探究系〟ＳＦの要所要所に顔を出す思想、いわば〝小松思想〟です。例えば、彼は仏教の解脱について、『未来の思想』でこう解説していました。

業《カルマ》あるいは法《ダルマ》の永劫の流れの中には、過去、現在、未来の方向のほかに「上」と「下」という立体方向があり、人間の努力は、その流れの中で「浮上」と「沈降」、そして「脱出」という三次元的な運動を現出し、その運動が「未来」の意味をうみ出す。この運動は、流れの上にひろがっている無遍在の虚空へ「脱出」することによって、「終り」に達する。それ以外「終末」に達する方法はない。「虚無」を認識することによって、「虚無」と一体化し、一切空の中に、現象の流れ来たり、むすぼれ、流れ去る姿もまた空と観じ、もはやなにものにも迷わされずくるしめられぬ「空」の平穏さを獲得する。それが、カルマそのもののあらわれの一つにすぎない個体存在の「終り」である。（「第一章　終末観の誕生」『未来の思想』中公新書）

他所で小松は、本作における全宇宙の「存在の階梯」の雛形が仏教の「六道輪廻《りくどうりんね》」だった旨を認め、かつ「六道輪廻を超越して空《くう》へ還ってしまうのが一番いい」「あれはすごい思想だ」と評価していました（『自伝』）。仏教の説く世界モデルが『果しなき流れの果に』の宇宙像の原型になったことは疑い得ないでしょう。

当該世界認識や問題意識は、〝彼〟やアイ（I・マツラ）ばかりでなく、敵対者の野々村（N）にも、ルキッフにも共有されています。

いわばこの宇宙、この全時空間を超脱するという勝義の課題において彼等は一致していますが、そこへと到達する方法、手段において彼等は激しく対立している。そういう見取り図が描けそうです。

笠井潔は、その闘争から超越への過程を、矛盾―対立―止揚《アウフヘーベン》、あるいは正（テーゼ）―反（アンチテーゼ）―合（ジンテーゼ）の弁証法的プロセスと読み換え、批判しています。

## エイリアンによる福音と、哲学の袋小路

この見取り図を、現代思想の問題意識を踏まえて再考してみましょう。

ある現代実在論の入門書のプロローグに「異星人による福音」という思考実験が紹介されています（岩内章太郎『新しい哲学の教科書』講談社選書メチエ）。

ある日、異星人が地球にやってきて、人類に告げます。「人間の祖先は自分たちの星の囚人だった。彼等は地球に流され、その素性を忘れて暮らすことになった。地球という流刑地での生は祖先が犯した罪への報いである。我々は地球人が生の無意味さにどこまで耐えられるかを監視している。もし人類がこれから三〇〇〇世代、生命を繋ぎ続けることができたならば、父祖たちの罪は贖われ、諸君は我々の惑星に帰還できるだろう」と。

地球人たちはこの「福音」の啓示によって、無意味かも知れないと疑っていた己の生にも確かな意義があることを思い知り、この生の意味の確証を代々伝承していきます。気の遠くなるほどの数の星霜がめぐり、異星人の告知からちょうど三百代目に当る世代が誕生します。

人類は故郷に還ることができる。未来の哲学者は叫ぶだろう。

「ついにやったぞ。ついにやったんだ。存在それ自体への問いは、これですべて解決した。さよなら、神話。さよなら、宗教。さよなら、哲学！　これから、永遠に！」（前掲書）

こうして人類は故郷の星に帰還します。その惑星に棲息するのは肉体を持たない純粋意識のみで、死はありません。性も国境も家族も存在せず、もちろん暴力もない。このユートピアに近い星で、永遠に生き続ける純粋意識体となった地球人の子孫はこう自問します。「でも、何のために？」（傍点引用者、前掲書）。

「だが、なんのために」とは、最終章「果しなき流れの果」で野々村が執拗に繰り返す問いです。宇宙の存在の意味とは？　宇宙を映し出す意識の存在理由とは？　私達の実存の意義とは？

高位の知性は、本当にこれらの問い掛けに対して応答できるのでしょうか。前述の現代哲学入門ではこう説かれています。

この思考実験は私たちに次のことを教えてくれる。まず、人類を超越した存在であるメタ‐存在者（異星人）が、人類の生の意味を上から規定するという事態がありうるということ。そして、メタ‐存在者が生命の連鎖の始まりと終わりについて首尾一貫した説明を提示するという事態もありうるということ。だが、人類の子孫の一人が最後に呟いたように、理性はさらに問うことができる――では、メタ‐存在者の存在とは一体何なのかと、と。そうして、メタ‐存在者を超越した存在であるメタ‐メタ‐存在者が現われ、メタ‐存在者の存在の意味を上から規定するとしよう。それでも、理性はさらに問うことができるだろう。では、メタ‐メタ‐存在者の存在とは一体何なのか、と。この推論のプロセスは無限に続き、結局は無限遡行に陥る。（前掲書）

## 認識によるブレイクスルー

無限遡行に対処する方途としてまず挙げられるのは、『チャイルドフッズ・エンド』のオーヴァーロードの態度です。つまり諦め。自分たちには窺い知れぬ、理解もできぬ、上級種族の「目的」のために使役される地位を甘んじて受け容れるオーヴァーロードの諦念。人類に「上帝」と畏れられた異星の人は、自らの境涯についてついに打ち明けた……。

> その目的とは果たして何なのか、私たちが知らされることはない。それでも私たちはあえてそれに背くことなく、もう何世代にもわたってその道具に甘んじている。これまでにも幾度となく命令が下された。そのたびに私たちは文明のつぼみが花を開こうとしている世界に出向き、私たちがたどることのできない道――きみたちがまさにいまたどっている道――へと導いた。（『幼年期の終わり』光文社古典新訳文庫）

オーヴァーロードは「オーヴァーマインドの道具にされていることに不満はないのか」と訊かれて、こう答えます。「この関係には利点がある。それに、知性ある者は、運命の必然に腹を立てたりはしない」と（傍点引用者、前掲書）。彼等はオーヴァーマインドの高みに達することはない。できるのは、ただ見上げ、ただ驚嘆することだけ。それなのにオーヴァーロードは絶望することなく、定めに従い、運命に身を任せる。オーヴァーマインドに奉仕し続けるしか、生きる術がないのです。たとえ隷従しても、己が魂は失わないという密かな矜持だけを支えとして……。

まさに宿命に対する断念、「運命の必然」に抗わず、従容《しょうよう》として受け止める姿勢です。

「だが、何のために」などという栓ない疑問を持つのは自分の限界を悟りきった知性には相応しくない、というのです。

もう一つの対処の方途は、いわば〝信仰〟です。無限遡行を回避するために、「神話、宗教、形而上学は、それ以上遡れない一切の根拠の根拠、つまり究極の根拠を措定することになるだろう」と先の哲学入門（岩内『新しい哲学の教科書』）は推しています。

つまり究極の根拠を措定することになるだろう。何か他の目的のために存在するのではなく、それ自身がそれ自身のために存在する自己目的的な存在者、すなわち「神」か「超越的なもの」を作り上げるのだ。そうして、理性の無限遡行は、最終的には神の存在によって止められることになる。神話の多くが、神々の生誕の物語から始まるのはそのためだ。私たちは神話のうちに神々の存在の根拠を求めることはできない。神は何の理由もなくただ誕生する（あるいは、最初からただそこに存在する）が、最高存在者である神はそれでよいのである。（前掲書）

実は宗教のみならず、近現代の哲学の多くが、神という名辞こそ使わないまでも「究極の根拠」、「最高存在者」を措定してきました。こうした〝回避〟はいうまでもなく反知性的ですが、哲学者たちは言葉巧みに反知性性を隠しながら、それを述定した。例えば、西田幾多郎を鼻祖《びそ》とする京都学派*4の哲学にはその傾向が顕著にみえます。そうすることで「何のために存在するのか」という問いの無限遡行を避けたのです。

けれども小松左京は、諦念の道も、絶対的実在（者）の措定によって探究を封じる道も採りませんでした。彼はあくまで批判的理知によるブレイクスルー、認識を極限まで高めることで〝外部〟に超出する道を選びました。

## 進化の加速主義

第九章「狩りの終末」の後半、四十五世紀の鯨座タウ星《タウ・ケチ》系の植民惑星に姿を現わしたNこと野々村は、K・ノアヴィルを名乗り、拝時教徒《クロノナイディアン》の残党より成る秘密結社「時間密航者クラブ」の会合でスピーチをします。拝時教徒とは「宗教的理由から、時間旅行の自由をとなえて、四十二世紀に大弾圧された」信仰者たちとあります。彼等は「砂時計」を祭器として奉じていました。第一部の物語の起端となった、砂が中心の括れの部分を通っていくら落ちても、上の砂溜りは減らず、下にも溜まっていかない、例の「四次元砂時計《クロニアム》」です。このクロニアムは第八章「追跡」後半でルキッフとの通信機として使えることが明らかになっています。だが、それ以上にこの四次元空間で繋がり、砂流のループを形成しているこの「砂時計」の機構は、ルキッフの、そしてNの、歴時の結果を過去にフィードバックするという構想を象徴しているかのようです。ノアヴィルのスピーチをみてみましょう。

「人間が、三十七世紀、はじめて亜空間航行を達成し、同時にはじめて、長年の宿願である時間旅行を達成した時、〝超越者〟のルールは、すでにそこにあった。われわれの旅行は、〝超越者〟の僕《しもべ》と名のる超未来人たちによって、きびしく監視され、制限されてきた」「過去は、絶対に変えてはならない——とわれわれに理由のわからぬ掟はいった。——ただ、眺めることだけが人間に許された唯一のことだ、と」(「第九章　狩りの終末」ハルキ文庫)

この発言に認められる対立の構成は『地には平和を』の図式と同一です。Tマン、時間管理庁はまさに「過去は、絶対に変えてはならない」とする側であり、彼等は時間移動者が歴史や進化に影響を及ぼすことを「きびしく監視」し「制限」しています。

では、「われわれ」はどんな立場なのか。

「われわれ、拝時教徒は勇敢に反抗し、勇敢に壁にいどんだ」「（超未来には）実際に、現在知られている原理にもとづくかぎりいかなる時間機をもってしても、越えられない〝時間の壁〟というものが存在する、ということを、確認したのも、私たちの仲間だった。――絶対的、無条件的に、ふれてはならないといわれていた、過去に対してでも、ごく小規模の実験を、あえてこころみて、タイム・パラドックスの、実際的現象を、たしかめてみようとしたのも、われわれの仲間だった。――これらの違法行為によって、人類の時間旅行の知識はふえたにもかかわらず、われわれは、ますますつよく、弾圧されました」（同前）

拝時教徒は、あと一歩でアドルフ・フォン・キタ博士の歴史可変論にいたる理念の持ち主たちであることがこれでわかります。拝時教の〝輝ける迫害史〟を振り返ったところで、ノアヴィル（実はNこと野々村）は「私に、計画があります」と切り出します。

「大幅に――過去を改造してみるのです」「われわれの達成した知識、文明、認識を、大量に、先史時代へもちこむのです――私たちは、自然のルールにしたがって、徐々に試行錯誤をくりかえし、一つの認識に達してきた。――だがその試行錯誤というものは、いかに非能率であり、いかに多くの、とりかえしのつかない犠牲をはらってきたか」「(そうして) ようやく達成された現代的認識を、知識文明を、もしもっと早い時代にもちこむことができたら……」(同前)

さしもの「時間密航者クラブ」のメンバーからも、ノアヴィルが提言した計画にはそこから後の歴史を変えてしまうことになるのではないか、との懸念が表明されました。しかしノアヴィルは、つまりNはあっさり「いいではありませんか!」と切って捨てます。

かわってしまって、そこから別の歴史がはじまっても、それが現在あるがままの歴史より、よりよい、よりスピードアップされたものなら、現在のわれわれはその歴史に対しては存在しなくなってもかまわないではありませんか?(同前)

ここまで徹底すると、もはやキタ博士の歴史可変論と寸分も違いません。さらにNこと野々村は、すでに叛徒の仲間、ホアンにさらに「その先」の構想をも漏らしていました。

> 「で、その先は？――」ホアンの顔は青ざめていた。「スメールの時代に、原爆をつくり、ネブカドネッサルが、人工衛星をとばしてもいい。だけど、その先は？――歴史はうんと変ってくるぜ」
> 「変った歴史を、またフィードバックする」野々村はいった。「何度もやるんだ。過去を何度も改造し、修正し……」
> 「ルキッフがいつかやろうとしていたことは、それか――やろうとしていながら、監視がきびしくて、せいぜい思わせぶりなしるしを撒布《さんぷ》したにとどまり……」ホアンは、つぶやいた。（同前）

歴時のフィードバックを何度も繰り返し、認識の進歩、進化を加速する。これはアナーキーな歴史可変論であると同時に極端な加速主義といえます。「だが、それは、歴史を短縮するだけのことじゃないかな?」との問いに、野々村はこう答えます。

「そうでもないだろう。認識能力は、おそらく〝種〟の生命力の限界より、はるかに幅がひろいだろうから――このままでは、人類が、その〝種〟としての有限の生存期間内に、その能力の限界を、――いや、むしろ、われわれが想像している限界をはるかにこえる、ほんとうの限界を、達成できるとはかぎらないだろうから――」（同前）

現代思想における加速主義《アクセラレーショニズム》とは、ざっくりいえば、資本主義下の経済、技術、社会の進展を暴走のリスクも厭わず、どんどん加速させることによって、資本主義そのものの限界を突破するという新しい社会思潮です。加速主義者たちが最終的に目指すのはシンギュラリティ（特異点）であり、それはイグジット、つまり〝外に出ること〟と表象されています。加速の果てにあるのは、この世界の外部への超出なのです。さらに彼等は加速のプロセスとしてポジティヴ・フィードバック、即ち「要因と要因が互いに影響しあい、変化の度合いが加算的に大きくなっていく」ことを想定しています（木澤佐登志『ニック・ランドと新反動主義』星海社新書）。

現実の、現代の加速主義とルキッフや野々村の実践理念とを比べると、時間移動という手段の有無の違いはありますが、両者ともフィードバックループが齎《もたら》す速度と強度で、人間の限界の衝《しょう》破《は》を志向するという点で似通っています。

歴史可変論については、『地には平和を』で積み残した問題を再考した結果、ある解に達しています。つまり、歴史を変えてしまうことも、認識の進化を極限まで加速するという目的に即しているのであれば肯定できるというわけです。少なくとも、叛逆者たち、ルキッフや野々村はそう考えています。

## 答えなき問いへの答え《ジ・アンサー・トゥ・ジ・アンアンサード・クエスチョン》

これに対し、統整者の側は「過去は、絶対に変えてはならない」という規範を自明視し、これに背こうとする者たちの動きを摘発し、制圧し、封じ込めてきました。

だが、統整者側にいるI・マツラは本当にその掟を絶対のものと捉えているのでしょうか。実は松浦は、そしてアイすらも、野々村と目的を共有しているのではないか。先にも両者は「むしろ共にある限界」に逢着しているのではないか、と推しました。I・マツラは、時空の全領域に網を張っても叛逆側の長《おさ》ルキッフを捕獲しなければならない、という使命感の裏で、次のような「衝動」が逆巻くのを抑えられません。

〝逆行宇宙《カウンターコスモス》〟——やっと素粒子論段階に達した知性体が、そのほんの一部の切断面を見て〝反宇宙《アンチコスモス》〟となづけているものの総体……この宇宙——マツラ自身が、未《いま》だにその中にとらえられ、多元性をふくめて、その存在の輪から出ることのできない宇宙の、ちょうど〝裏側〟にある宇宙——この宇宙の膨張が、その宇宙では収縮として現象し、エントロピーの増大が、減少としてあらわれ、時間系が逆行し、生成が消滅に、消滅が生成に、うつし出される。そして、この宇宙が、膨張の極限に達し、波だちさわぐ全エネルギーが、次第にしずまって、完全な平衡状態に達した時——つまり、この宇宙の終焉《しゅうえん》の時が、その宇宙の原初の状態になる。そのもう一つの、全次元性をふくむ宇宙との、境界領域を超えることは——さすがに、彼にもできなかった。しかし、彼は、網をはりながら、この宇宙の限界を仔細に点検することによって、その境界の〝むこう側〟をのぞきたい、という衝動がうごめくのを感じた。（「第七章　狩人たち」『果しなき流れの果に』ハルキ文庫）

「存在の輪から出ることのできない」この宇宙の、その果てに何があるのか。「〝時間の壁〟」をも超えて、その向こうに何があるのかを認識したい。このI・マツラの心裡に沸き立った「衝動」の行き着く先は、野々村の〝加速の末に、われわれの認識の限界を突破する〟という目的と合致しているのです。両者はどこかで通じ合い、意志を同じくしています。終章の大団円で、激しく対立してきた二人が、厳密には三者が、融合し一体となって、人知を超え、言詮を絶する至高の域に向かって急激な「上昇」を遂げます。

タウ・ケチ系第五惑星の「時間密航者クラブ」の集会にも、I・マツラの捕縛の手が迫ります。マツラ配下のパトロール隊に追い詰められた野々村は、クラブ地下に隠した二台の大型時間機《タイムマシーン》を連結し、さらにそれを愛用している小型の時間機に接続しました。

「三台の時間機が、同時に作動するようにして、作動と同時に、二台の大容量発振器で起った歪曲場が、重合されて、愛機の発振器に一挙に流れこむようにした」「こんなことをすれば、木と布でつくった、初期複葉飛行機に、何百トンという推力《スラスト》をもつ、ロケット・エンジンをとりつけたようなものだ」「第一、こんなことをすれば、時間機はおろか、体がもたないだろう」(「第九章　狩りの終末」ハルキ文庫)

まさに自殺行為ですが、ここまで窮追《きゆうつい》していながらマッラはなぜか、この自暴自棄の行動を制止しようとしません。この野々村の暴挙で何が引き起こされるのか、その帰趨《きすう》を予察しているかのように。彼は〝やらせたい。そして自分もその後を追いたい〟という衝迫が腹の底から突き上げてくるのをどうすることもできなかった。

マッラは、みすみす前にいながら、相手のやろうとしていることを封じそこねた——それ以上に、彼を狼狽させたのは、彼の冷然たる狩人の心に、一瞬、相手のやみくもな意思が、奇妙な共鳴をまきおこし、獲物の最後の自殺的な反抗を、やらせてみたい、といったような気が、ふと起こったのではないか、という感じだった。（同前）

そして野々村の乗った時間機は、パトロール隊の包囲陣の真ん中から忽然と消え失せます。マッラは単身——身体を捨て、純粋意識のみとなって、野々村を追うのでした。

そしていよいよ、物語は最大の山場を迎えます。「果しなき流れの果」と、外題に酷似した章題が付された第十章です。

野々村は「かってない初速エネルギーで、超空間の奥へ」と突っ込んでいきます。彼は、白濁した超空間内に「わずかに彎曲《わんきょく》している、巨大な、まっ黒な円筒」や「何層にもまつわりついている、うす黒い、太さはまちまちの、蔓巻《つるま》きバネのような螺旋《らせん》」をみる。前者はタウ星の世界線であり、後者はタウ・ケチ諸惑星の世界線でした。

しかし、たちまち目で事物を視覚するということ自体が意味をなさなくなります。そして「加速」が続き、一千万光年先あたりにある、時間機が決して破ることができないとされる時空の壁を超え、「未来の壁のむこう側」に出てしまう。ここで野々村は時間機も自分の肉体をも失います。彼は純粋意識体として存在しています。

そこでは、もはや一切が——無数のパラレルワールドを含む全宇宙の時空間が、一挙に現前していました。時間は意味をなくし、野々村は「想起するように認識し、回想するように理解した」とあります。

このような超限《トランセンデンタル》的な存在レヴェルにあっても、野々村がまだ「この私」という局在的パターンを維持し、なけなしの主体性を残していることがむしろ不思議に思えますが、〝実存の意味を問う〟というのが小松のモーティヴである以上、「私」は欠かせぬ要素なのでしょう。

彼は遠い昔、二十世紀の地球、一九六〇年代の日本にいた頃書き付けた、『時間と認識』という論文の草稿を思い出します。彼の恋人、佐世子が隠棲同然の暮らしのなかで、経文のごとく少しずつ読み進め、理会しようと努めたあのノート……。そしてルキッフが、万一囚われの身になった場合の後継者に、彼を指名する決め手となったあのノートです。前にも引用した書き出しの部分を再度引きます。

> 認識ということを考えると、時間には、過去、現在、未来の三次元の相のほかに、〝高さ〟という次元が考えられるのではないか？　そのもっとも、端的な啓示は、われわれが未来へすすめばすすむほど、過去というものは遠く、正確に理解できるようになって行くということである。（「エピローグ（その2）」、前掲書）

野々村はいま、ここでいう〝高さ〟を直観できる「場所」にいます。

過去から現在を経て未来に向かう時間軸、この一次元の直線として表象される時間軸に直交する軸を措定する。そうすると「**ここに時間的二次元的平面**」ができる。さらにこの平面に直交する軸、Z$t$軸を措けば「**時間の立体座標**」が考定できる……。ノートの断章にはこう記されています。

　このZ$t$軸上の視点は、すべてのパラレル・ワールドを、平面上の平行線として見ることができる。――時間旅行における問題。通常の時間旅行は、方向性をもった一次元軸――X$t$軸を移動するものと考えていい。時間は、過去から未来へ、一つのエネルギー傾斜をもった等速度の流れと表象できるから、加速、減速で、未来、過去への力を表象できる。（「第十章　果しなき流れの果」、前掲書）

野々村はこの「時間の立体座標系」として表象された世界像を体感しています。そこでは並列する宇宙や時空間を俯瞰的に把握できるのです。しかも、彼のいる「場所」は球体の内側であることが示唆されています。

　Z$t$軸の導入により、時間曲面が表象され、曲面の正負が表象される。X$t$、Y$t$が、それぞれ、無限遠において、閉じているとすれば――時間は、Y$t$軸に平行な直線を自転軸として回転する、球体と考えられる――（同前）

球体の内部における〝高さ〟とは、球面から球の中心方向への距離と同義です。ここにおいて〝上昇〟とは、球の中心に向かって移動することを意味するはずです。

彼のいる、その「場所」では、まさに、その無数のパラレル・ワールドが、平行した形で一挙に理解できるのだった――彼はその概念の、あまりの奇妙さに、しばし呆《ぼう》然《ぜん》としていた。

地球は――彼にとって、一番親近性のあるその小さな惑星の経歴は、一本の細い幹から、無数に枝わかれした、系統樹のようなものに感じられた。ある枝は、途中でぶっつり切りとられ、地球の歴史はそこで終っていた。ある枝は、はるか昔になえしぼみ、ある枝は、はるかに先までのびていた。またある枝は、ねじまがって、輪状になってもとの方につながり、ある枝は、はるか未来の方向へとのびていた。（同前）

彼はそうした惑星や天体の運命の分岐を感じ取るだけでなく、敵である統整者たちの全容も理解しました。

網の目のようにのびる無数の星の『進化』の過程を、継木したり、分枝したり、つみとったり、あたかも植物の栽培管理をするように、管理している、奇妙な『存在』の一群の姿も感受できた。

さらに――それらの一切は、概念的な『静止状態』の中に、配置されているのではなかった。一切の、多元的超進化の『場』は、それ自身がまた、ある方向へむかって動いていた。全宇宙の多元的進化とその管理をふくむ場は、それ自体が、まるでまわり舞台のように、一切をのせたまま、ゆっくりとめぐっていた――超々時空間の中を、

……（「第十章　果しなき流れの果」、前掲書）

この管理を実施している『存在』はすぐ後にもっと明瞭なかたちで確認されます。では野々村自身は？　あるいは叛逆者たち、その首魁ルキッフは、この宇宙像のなかでどんな存在性質を帯びているのか。彼はそれを暫時「多元的『進化管理』に対する、ささやかな、ごくささやかな、一地球的な反抗」と看做しますが、その反抗の全体における機

能、意義については、まだ判然としていません。

**「だが、なんのために？」**

卒然と野々村の観想に他者の〝声〟が割り込んできます。

ここに来てしまったのか？
ふいに、ある強大な意識がよびかけた――それは、彼の意識の存在している場所へ、接近してきた。（同前）

この〝声〟の主は、体を脱ぎ捨て純粋意識体となって、彼を追跡してきたI・マツラに他なりません。マツラはここで野々村を捕捉したのです。ところがどういうわけか野々村は、はじめてまみえるこの強力な追手に対して、親近感と反撥というアンヴィヴァレントな感情を覚えます。

〝声〟は、ここは野々村のランクで進入できる域ではないこと、そして「お前」というものは存在しなくなることを告げる。そこはもはや、存在という概念の範疇を遥かに超える領域だったから。

野々村は「だが、なんのために？」とI・マッツラに問います。そうして〝声〟は知る限りの多元的進化管理の〝意図〟を伝えます。

意識とは、物質それ自体でもなければ、エネルギーそれ自体でもない。それらを認識するものだ。だから意識は、物質とエネルギーの二様を離れてあるのだ。意識とは、宇宙にあって宇宙のすべてを理解し、映し出さんとする存在の鏡なのだ。自分たち、つまり統整者たちは「それを育て、交配させ、別の進化コースにひきこみ、可能性のないものを裁定し、ある成熟段階にいたればそれをつみとる」という事業を全宇宙、全時空間で繰り返してきたのだ、と。

管理の目的は、全宇宙を認識し、反映させる「存在の鏡」を、即ち高度な意識を育み、増やし、収穫することにあった。しかし、何のために？

野々村は、自己の意識に浸透しつつあるI・マッツラの意識に向かって、もはや外から発されているのか、内に響いているのかはっきりしなくなってきている〝声〟に向かって、なおも問い続けます。「だが、なんのために？」

物質の変化の過程、無限に複雑なエネルギーの展開の過程が『生物』という束をつくり出し、次の段階で、その『束』は、意識を析出する――エネルギー自体の、複雑きわまりない傾向を反映しながら、意識自体は、次第にこの宇宙そのもの、即自的な宇宙そのものとは、別々のものになって行く。（同前）

「存在するものは、すべて鏡の中に、虚像として投影される」。それが存在の鏡としての意識です。ところがその鏡が精巧になったとき、そこに映る虚像に自立性が生じると〝声〟は答えます。そしてそのとき「今度は逆に鏡の中に虚像自体を出現させれば、存在の方も出現するようになるのだ」と。

この箇所は、後に小松が述べた「僕は宇宙も人間にとって『存在の鏡』になるんじゃないかと思った」という言葉に符合します。小松は本作の底に流れる哲学について実存主義者、ジャン＝ポール・サルトルの影響を受けたかと尋ねられて、サルトルよりも、現象学（超越論的現象学）の創始者、エトムント・フッサールの『純粋現象学』を手掛かりにしたと述べています。

いろんな論理の形式があるけど、フッサールは現象というのは形式が決まるだけじゃなしに、そこにダイナミズムが入って変化していく、それも現象だと言うんだな。そこに見られる方向に必然性があるかというと、それはまったくの偶然だという。(『自伝』)

サルトルにとって「見るか、見られるか」は闘争であり、相互認識は相剋の関係にあったが、小松の理解する現象学においては、その方向性は偶然的であり、「見るか、見られるか」、実像と鏡像の反転も全体のダイナミズムの要素となっていることがわかります。もはや野々村の自我は、I・マツラのそれに同化しかけています。力を振り絞って野々村は問う、「だが、なんのために?」。

収穫された、超意識は、われわれの仲間になり、管理の仕事はますます精緻《せいち》になって行く。だが、われわれもまた、ずっと上の方の、この超時空間内の超意識をすら、はるかに超えるもののために、それをやっている。(「第十章　果しなき流れの果」『果しなき流れの果に』ハルキ文庫)

ここでクラークの『チャイルドフッズ・エンド』と同様の階層性が露わになります。オーヴァーロードとオーヴァーマインドの関係を連想させる構図です。然らば『果しなき流れの果に』にとってのオーヴァーマインドとは何か。ルキッフの存在の意味とは何か。そして問いは繰り返される……「だが、なんのために？」。

## 新創世のためのエチュード

I・マツラは完全に野々村の意識を吸収してしまいました。

これ以降、アイ、松浦、野々村の超意識統合体は、ただ「アイ」と表記されます。野々村吸収後、アイは内面に異変が生じているのに気付きます。完全に融合しきっていたはずの松浦の意識が急に凝集し、励起《れいき》されはじめたのです。明らかに、いま吸収したばかりの野々村の意識に反応していました。やがて呼応は共鳴となり、アイの意識にまで脈打ち、全体を揺さぶるようになります。

そこでアイは、松浦と野々村が親子だったことに気付きます。松浦にはエルマという恋人がいました。エルマは例の、太陽の異常爆発からの人類救出劇の最中《さなか》に松浦の子を身籠り、その後生き別れになってしまった。彼女は松浦同様、元々二十一世紀末の人でしたが、収容されていた月面上のキャンプがルキッフのチームの襲撃に遭った際、その襲撃班の一員だった旧知のハンス・マリア・フウミンとともに難を逃れます。（第六章「襲撃」）。逃亡先は一九四五年空襲の最中《さなか》の神戸でした。戦火に追われながら、二人は嬰児《みどりご》を日本人夫婦に託します。その夫婦の姓は「野々村」でした（第七章）。第一部で、佐世子が野々村の身寄りの有無を訊かれて「早くから孤児《みなしご》だった、といってました」と答えていますが（第二章）、伏線でしょう。

野々村と松浦の思念は同調しながら、大きなうねりとなってアイ全体に波及してゆきます。

父よ——とその思念は描いた——なにゆえか、父よ。
子よ——と反射波がうたう——たずねもとめよ、わが果さざりしものを、汝《なんじ》もとめよ。（「第十章　果しなき流れの果」、前掲書）

この文語調で書かれた呼応の記述は、まるで神話や聖書など宗教聖典の一節のようです。また父と子の紐帯に力点が置かれている点も、やはり神話の英雄譚や悲劇を思い起こさせます。

物語の劇的効果を高めるというのが狙いでしょうが、ここには若干の違和感も覚えます。この二人は、巻き込まれるように敵対する二派に分かれ、互いの血縁を知らず抗争を繰り広げてきましたが、反面これまでみた通り、図らずして究極の目的を共有しつつもありました。従って共鳴は、秘められた親子関係に由来するものではなく、共時的《シンクロニック》に生じた思想的同志性に発する、とした方がしっくりくるように思えます。とまれ、野々村と松浦の意識体の共振は俄《にわか》に大きくなり、鼓動の高鳴りのように超意識統合体アイに響きわたります。

　アイは、ふと、自分の『秩序』がよろめくのを感じた。その小さな部分的振動に全体が共鳴する危険が、突然あらわれてきた。
　果てしなき流れの果てには、なにがあるのか？（傍点引用者、同前）

しかし、アイもまたこのカタストロフィを期待していたのではないか。だからこそ、まだI・マツラだったときに野々村の自棄的な逃走を「やらせてみたい」と感じ、見逃したのではないでしょうか。

そしてアイは「上昇」をはじめます。「滔々《とうとう》と流れ行く超時空間に、直交する方向」に向かって、誰も達したことのない〝高みの高み〟に向かって、果てしなき流れの果てにある流れを認識するために……。

突として、**「とまれ」**と別の強力な〝声〟が彼の上昇を制止します。介入してきた思念の主体は、作中で「階梯概念」と呼ばれるものです。

さらに、もう一つの〝声〟が認められます。その主は「概念」と呼ばれる。「概念」は、混沌たる晦冥《かいめい》（暗み）のなかからおもむろに立ち上がってくる情報体です。どうやら、アイがある〝高度〟に達するとこれが現出し、より一層の〝高み〟に上ると、さらに進んだ「概念」が現前する、という仕組みのようです。まさに段階ごとに開示される「概念」を、アイが受け答えする主体のように、擬人的に捉えたのかもしれません。

「階梯概念」も「概念」もアイにとっては遥か上位にある情報体と考えられますが、振る舞いとしては、「階梯概念」が専ら留め立てするだけなのに対し、「概念」の方はアイの尋ねに応じ、わかりやすい説示を与えます。

『概念』は、松浦や野々村の意識に理解されやすいような形をとっていた。（同前）

「階梯概念」と「概念」は実は一つの大きな機構の二つの機能的側面なのかもしれませんし、意思主体というよりは位地もしくは審級そのものと取るべきかもしれません。そこは小説の記述でも判然としません。

いずれにしても、『チャイルドフッズ・エンド』のオーヴァーマインドを思わせる最上位審級の臨在の場面と看做してよいでしょう。

アイは上昇を続けながら、「概念」に質します。超意識の意味とは何か、と。「概念」は即答します。超意識とは「宇宙の神経」である。遙か以前において「超意識体は、超能力によって、はじめて宇宙自体の意識を生じせしめた」と。

「《太初……宇宙は高温高圧の凝集状態だった――この〝宇宙の卵〟には、拡散の傾向だけあって、それ自体の意志はなかった》」「《だが、やがて多元時空間のひだをふくむほど、充分稀薄に拡散された時、超意識を生じ、さらにその超意識の連絡から、組織化によって、宇宙自体に、単なる放散ではない〝効率〟の概念をふくんだ〝進化管理〟の意志が生じた。それを生ぜしめたのは、超意識体であり、しかも神経細胞自身がそうであるごとく、それ自身の外に疎外せしめた意志の僕《しもべ》となった》」（「第十章　果しなき流れの果」、前掲書）

あたかも脳内の神経回路網《ニューラルネットワーク》のような超意識体のネットワークによって「宇宙の意志」が形成され、しかもその意志が「階梯」という名の階層構造《ハイアラーキー》を維持するかたちで、進化管理を実行させているというのです。これが統整者の正体であり、本質でした。

今になって、アイは、なぜ階梯というものが存在するかを知った。――『上』に上れば上るほど、特殊化の極度に進んだ超意識体の、複雑高密度の組織があり、やがてそれは、個々の超意識体ではなく、比喩的にいえば、〝宇宙の脳〟に似たものの形をとりはじめていた。〝脳〟はまだ、おそらくは完全ではなく、〝意志〟のパターンも、それ自体では未完成だった。（同前）

ではルキッフとは、叛逆者たちとは何か。「概念」は答えます。この宇宙の一切の存在秩序と秩序形成のための統整を根源的に否定する力……。定向的な進化やその先にある超越の出現ではなく、それとは異なる方向に超越の契機を見出そうとする抗いの力……。「あらゆる変化のベクトルに対する抵抗力の形象化」された存在、「自由と超越の形象化」された存在としてのルキッフ……。

「階梯概念」がアイの急上昇に対して、けたたましく警告を発します。**「とまれ！」「ひきかえせ！」**と制止する。

**なぜとまらぬのだ？　これ以上、すすめば、宇宙は、一つの、貴重な超意識体を失うことになる。**（同前）

最高位の稠密《ちゅうみつ》な超意識体組織のなかを上昇し続けたため、階梯の低いアイは耐えきれず、完膚なきまでに傷み、損なわれ、もはや上昇エネルギーが尽きてしまいました。しかし最後の力を振り絞って「知ろうとする意志」を投げ上げたとき、その〝高み〟で彼は、この宇宙の外部に拡がる〝光景〟を「ちらと垣間《かいま》みた」のです。果てしなき流れの果ての流れが現前するのを、ほんの一刹那、覚知したのです。

すべての島宇宙、すべての星雲、すべてのエネルギーと多元時空間、超時空間をふくむ大宇宙が、それ自体ふくれ、成長し、進化しながら、さらにそれ自体としての限界をこえず、のたうちながら、もう一つの別な宇宙――その低次の断面《セクション》が、超空間において、逆行宇宙として認識し得るもの――と、媾合《まぐあい》し、もだえながら、さらに第三の宇宙を――それは、この宇宙の限界をさらにこえた進化を可能にするような、別個の基本条件をそなえたものであろう――うみ出しつつあるさまを……。（同前）

アイが認識した〝光景〟は、彼がまだI・マツラで、叛逆者を捕まえるべくこの宇宙の全域に網を張っていたときに、彼の脳裡に不意に浮かんだ想念、この宇宙と「逆行宇宙《カウンターコスモス》」の臨界のイメージそのままだった。そしてその際、彼の胸中に突き上げてきたのは「その境界の〝むこう側〟をのぞきたい」という衝動、知的な存在にとって不可不の「知ろうとする意志」でした（「第七章」）。宇宙の真の姿を見極めたいという意志はここに完遂されたのです。

そうして傷つき、疲弊したアイは落下してゆきます。まるで摩天楼の高みに挑んで飛翔し続けた蝶が、上方で突風に吹き付けられ、ついに翅破れて舞い落ちるように。最上位審級の情報体は〝地上〟に堕ちるアイに惜別の言葉を告げます。「さよなら……アイ……」。

こうして「あいまいな長い物語り」「長い長い……夢のような」夢物語は語り終えられました。

小松左京は、この日本SF史に刻された記念碑的な大作の出来に満足しなかったらしく、脱稿直後、疲れ果ててベッドに倒れ込み、美しい朝の訪れをぼんやりと眺めているうちに「いつかもう一度、この主題について書こう、今度はもっと慎重に、もっと充分に準備して、体力や気力も充実させて、今度こそ、何一つ書きもらすことなく書いてやろう」と奮起したと「初版あとがき」にあります。

その時はじめて、本当に、SFというものが全身でぶつかって行ってもいいほど、やりがいのある仕事かも知れない、という気がしてきました。

このとき小松は三十五歳。若書きというには薹《とう》の立った年齢の作物でした。だが、筆致はとても若々しく、それ故粗削りで、勢い余った書きぶりも多々認められます。けれども、そんな無謀なほどの勢いなしには、おそらく成立しなかったであろう未曾有の長編であることは間違いありません。

## 脱構築し続ける神話体系

小松はこの作品の「主題」に再び取り組む意向を示しています。この言葉通り、彼の「宇宙構造探究系」の小説では中編、長編を問わず、本作に描かれた主要テーマが再度取り上げられます。例えば、存在の鏡としての意識の可能性、そして鏡に映じた虚像の自立性。例えば、宇宙の存立の目的。例えば、新たな宇宙の産出。例えば、実存と進化の意味。例えば、高位の知性体による宇宙の統御とそれに根源的な否《いな》を突き付ける反秩序の運動……。あるいは「一体、この実存はどのように基礎付けられ、何を目指して在るのか」という問い。野々村が繰り返した「だが、なんのために？」……。

こうした問題はその後の小松の創作の原動となり、その物語を駆動するモーティヴとなり、テーマそのものになりました。小松左京はその本格SF作品において、『果しなき流れの果に』で昭示《しょうじ》した主題を終生、変奏し続けたといっても過言ではないくらいです。

未完ながら、『虚無回廊』がその掉尾を飾る長編となりました（本書第5章参照）。

小松自身が最も気に入っていた自作は『神への長い道』だそうです。確かにこの中編のラストには、本作終章でいささか性急に宣示された宇宙観、〝小松思想〟がより洗練された表現で、物語の自然な流れに沿うかたちで謳い込まれています。

例えば「存在の鏡」から「虚像の自立」までの過程は次のように説かれる。

「生命の長い系列の中から、また、まったく新しい段階《ステージ》において、意識が生じる。生命のはじまりにすでに内在化されていた、きわめて精妙な情報が、今度は情報独自の秩序をつくりあげ、ついに――君のいってたように、宇宙の中に生じながら、宇宙をうつし出すもの、宇宙の現象を、現象として把握し、その秩序を理解し、宇宙について知り、考えるもの……」

「意識の生じた段階から先の、宇宙の段階進化の様相は、物質から生命、生命から精神までの様相とはまた非常にちがった形になる」「まず――宇宙の法則を理性的に把握し、それによって、技術的手段でもって、物質を自由にできる段階だ」

「次は――情報＝意識源が、生物的個体にしばりつけられている段階をこえる。世代的に再生産される段階、個体相互間の情報伝達が物理的手段にたよる段階をこえる時代が……」

「精神の進化のパターンからすると、まだその先がある。その次は――意志しただけで、物質を動かせる時代、そして、意志しただけで、いかなる場所へも移動できる時代……そして最後に……意志しただけで、存在をあらわせる段階……」（『神への長い道』、東浩紀編『小松左京セレクション 2 未来』所収、河出文庫）

〝鏡像〟が存在として自立していくプロセスが、生命＝意識＝情報体の発展段階として示し直され、本作では十分に展開できなかった「鏡の中に虚像自体を出現させれば、存在の方も出現するようになる」機制もかなり具象的に説明されています。

こうした宇宙の真の相《すがた》を知った主人公はラストで、遙か七百光年の旅をともにした女性と情交を結びます。自棄でも逃避でもなく、未来の〝違う可能性〟を絶やさぬために。彼女をかき抱きながら、胸裡に「宇宙よ……しっかりやれ！」と、無数の生命や意識や星々などを包み込む広大な時空へのメッセージを思い浮かべるのです。

批評家の東浩紀はこの場面について、小松が「異星人の知性拡張装置に適合できなかった主人公とエヴァ、二一世紀人と二二世紀人の二人が『猿』としてセックスをする場面で終わらせていることには留意されたい。小松は神への道を描いただけではない。神になれない、すなわち動物としての人間にもまた、優しい視線を注ぎ続けた作家だった」と総括しています。物語に対するコメントとして実に正鵠を得ており、また、この三年後に書かれる小松の短編SFの最高傑作の一つで、切なくも美しい究極の恋愛小説『袋小路』にも繋がるロマンティシズムを的確に押さえた批評といえましょう。

けれど小松作品全体を見渡すと別の側面も視野に入ります。彼の小説には、人（的存在）のセックスと新しい宇宙の創出とが類比的《アナロガス》に描かれることが少なくありません。『神への長い道』のラストの情事は、その二つのイメージを重ね合わせたシークェンスと解釈することも可能です。

例えば「はじめに」でも触れたように、連作『ゴルディアスの結び目』第四作『あなろぐ・らぶ――または、〝こすもごにあII〟――』では、宇宙の創生《コスモゴニア》が「セックスをのぼりつめて行く時の女は、まったくいたいたしいほどに赤裸々《せきらら》になる」という一文から始まる、性の描写によって綴られます。これは優れて神話的な寓意であり、と同時に科学による神話の相対化、そして文学的想像力による科学の相対化の発露としてもあり得ることは、すでに指摘しました。このような表現の原型は本作に読まれます。先に引用した、この宇宙が逆行宇宙と認識されるもう一つ別の宇宙と「媾合《まぐあい》し、もだえながら」第三の宇宙を産み出そうとしていた、という情景描写を想起されたい。この露骨なほどに性の営みのイメージを喚起する一節（アナロゴン！）が、神話の神話性や科学の科学性を相対化しているのです。

そしてSFという文学の形式においては、こうした脱構築の運動そのものが連鎖します。本作の単行本刊行から半年を置かずに、往時のサブカルチャー誌の雄、「話の特集」の一九六六年十二月号に掲載された『彼方へ』は、『果しなき流れの果に』のセルフパロディの色が極めて濃厚な短編です。この大宇宙が睾丸に準《なぞら》えられ、女性器に相当するもう一つの宇宙に、「〝超空間のペニス〟」を通じて、成熟した知的生命体が精子のように射出されるという、壮大かつ破壊的な艶笑話に仕立て直されています（『物体O』所収、ハルキ文庫）。

このような統整と壊乱の反復が、SFの「文学の文学性」を担保しているのだと思います。

**＊1　作者も……明言を避けているようですが**

『自伝』で小松は、インタビュアーの「最後にスイスで意識を取り戻して佐世子のところに来る男ですが、あれは誰なんですか」という問いに対して、「実は僕の中でも決着がついていない。それはぼやかしておこうと」と回答している。

**＊2　『オデュッセイア』**

ギリシア西岸沖の小島イタケーの王オデュッセウスが、トロイア戦争からの帰途で十二の冒険と危機を克服し、故郷イタケーにたどり着くまでを描いた大叙事詩。オデュッセウスの留守をあずかる妻ペネロペと成人した一子テレマコスは、オデュッセウスを既に亡きものと思い込み、ペネロペと結婚して家財を乗っ取ろうとする近隣の貴族に苦しめられる。テレマコスは父の消息をたずねもとめるなかで老乞食に身をやつしたオデュッセウスと邂逅し、父子で計略を練って乞食姿のまま我が家に帰り着く。オデュッセウスはペネロペが提案した弓矢競技の場で求婚者たちを誅殺し、妻と涙の再会を遂げる。ダンテ『神曲』、ジョイス『ユリシーズ』等にも影響を与えた（ユリシーズはオデュッセウスのラテン名Ulixesに由来する）。

**＊3　アーサー・C・クラーク**

一九一七〜二〇〇八。イギリスの作家。四六年に短編「抜け穴」でデビューし、以来アイザック・アシモフやロバート・A・ハインラインらとともにSFの巨匠と称される。豊富な科学知識を駆使した作品群は「ハードSF」に分類される。世界SF大会で発表されるヒューゴー賞、アメリカSFファンタジー作家協会が主催するネビュラ賞の同時受賞（いわゆるダブルクラウン）を二度達成したほか、八六年には自身の名を冠したアーサー・C・クラーク賞が発足、さらに九八年にはナイトの称号を授かった。『幼年期の終わり』『渇きの海』『楽園の泉』『二〇〇一年宇宙の旅』など著作多数。

**＊4　京都学派**

ここでは、西田幾多郎（一八七〇～一九四五）を中心とした哲学者・思想家のグループを意味する。京都帝国大学哲学科の西田とその後継者である田辺元、および彼らの哲学を受け継いだ弟子たち（高坂正顕、高山岩男、西谷啓治、木村素衛、下村寅太郎、鈴木成高、柳田謙十郎ら）の総称で、広義には西田を慕って京大哲学科に集った三木清、戸坂潤らも含む。西田が座禅により思索を深めたこと、田辺らが仏教に造詣が深かったことなどから東西思想の融合を課題とした。この学派の思想の特徴のひとつに、西田が創出した「無の論理」がある（『岩波 哲學・思想辞典』）。

しかし仏教学者の松本史朗は、「我々の真の自己は宇宙の本体である」「我々は自己の心底において宇宙を構成する実在の根本を知ることができる」等の、西田の主著『善の研究』における立言を批判的に考察し、その哲学は、万物の根底に基体の実在を承認する「基体説」「発生的一元論」に他ならないと看破している（宮崎）。

# 第3章　滅びとエクソダス

## ——『日本沈没』

## 空前の大ベストセラー

亡くなる五年前、二〇〇六年の自叙によれば、小松が「これまでに書いてきたものは、長編が十七作、中・短編が二百六十九作、ショートショート百九十九作。小説の単行本だけで六十二冊、このほかエッセイ・評論・ルポなどの単行本が六十八冊にのぼる」のだそうです（『SF魂』）。

その夥《おびただ》しい数の作品の中で、発行部数を最も伸ばし、社会的影響を及ぼしたのが『日本沈没』でした。

書き下ろし長編『日本沈没』は、一九七三（昭和四十八）年三月に刊行され、上下巻合わせて累計四百六十万部に達する空前の大ベストセラーとなりました。同年、映画にもなり、翌年には連続テレビドラマ化されました。日曜日の二十時、プライムタイムの放送でした。

日本中が俄《にわか》の「沈没ブーム」に沸き立ち、天変地異の不安に戦《おのの》きました。時に小松左京、四十二歳。世界十一か国語に翻訳され、翌年の日本推理作家協会賞、星雲賞（日本長編部門）をそれぞれ受賞しています。構想と執筆に九年を要した、文字通りの満を持した大作でした。

当時まだ生まれていなかった世代にも、この作品の題名だけは知られています。九〇年以降に生を受けた若い世代においても、小松左京は「『日本沈没』の作家」として認知されている。世間的には、これが彼の代表作であることは動かし難い事実なのです。

『日本沈没』の主舞台は、登場人物の年齢をもとに計算すると一九八〇年の日本であろう、と推定できます。またリニアモーター超特急の工事が始まり、成田の東京第二国際空港が完成し、大阪湾上の関西第二国際空港も着工済み、といった設定からも、それが作品刊行時点における近未来であることがわかります。

当時最新の十二桁の電卓を十三万円で購入し、日本列島の重さを算出。沈没するにはどれだけのエネルギーが必要かをはじき出したという(写真提供／小松左京ライブラリ)

一九七X年、伊豆・鳥島《とりしま》の東北東で、名もない小島が一夜にして「沈没」するという異常な現象が発生します。独自にこの調査に乗り出したのが、地球物理学者の田所雄介博士。地震の観測データから日本列島に異変が起こっているのを直感し、深海潜水艇の操縦士、小野寺俊夫、M大海洋地質学の幸長信彦助教授と共に小笠原群島沖の日本海溝に潜った田所は、そこに謎の「溝《トレンチ》」と海底乱泥流を発見。調査の結果、数年内に、日本列島の大部分が海面下に沈むという恐るべき予測が導かれる……。これが『日本沈没』冒頭のあらましです。

ストーリーとしてとてもシンプルですが、その単純なプロットにリアリティを吹き込むための工夫は並大抵のものではありません。地質学、地震学、火山学、惑星科学から潜水工学、社会工学、政治学、文化人類学、民俗学まで、幅広い領域の、当時としては最新の知見が随所に盛り込まれ、作者の博捜《はくそう》ぶりに舌を巻きます。

しかも、それらを退屈で冗長な「科学解説」に終わらせていない。SF的発想の醍醐味《だいごみ》がたっぷり染み込ませてあります。例えば、小野寺と幸長の太平洋の火山帯をめぐる会話に割り込むかたちで、田所博士が奔放な想像力を発揮する場面があります。

「わしにいわせれば――人間も植物も珊瑚も、みんな同じようなものだな。とにかく突起があれば、それにまといつく」「小野寺君とかいったな。君はどう思うね？　炭酸カルシウムを定着させて、共同骨格をつくるという点で、造礁珊瑚と、コンクリートの近代都市をつくる人間と、どれほどちがうか?」「それだけじゃないぞ、わしにいわせれば、素粒子の進化から、宇宙の進化にいたるまで、段階はちがうが、非常に似かよった、なにか共通のパターンがかくされている」(「第一章　日本海溝」『日本沈没』(上) 小学館文庫)

現実的認識から一気にSF的想像へと飛び立つ瞬間が描かれています。まさにSFならではの、リアリティを異化することによって新たな、自由な視点を得る感動、「センス・オブ・ワンダー"sense of wonder"」の飛躍といえるでしょう。

## 戦後政治と「新しい日本人」

さらに『日本沈没』のストーリーを概観してみましょう。

田所や小野寺らが海底調査から戻って間もなく、それまでほとんど爆発の兆候のなかった伊豆・天城山が噴火。周辺では地震が起こります。この「伊豆地震」は、翌日の定例閣議でも話題にのぼり、国家の長期計画にさまざまな影響を及ぼしかねない状況を重く見た首相は、「とにかく、地震学者が、どれだけのことを知っているか、聞いてみたい。——そうだな。例によって、あまり派手にやらんように——新聞記者に、変にさわがれると、うるさいからな。――誰か数人えらんで、じっくり聞いてみよう。すぐに人選をたのむ……」と言い出すのです。田所博士もこの数人のなかに選ばれます。有識者による会議が開催されると、田所は度重なる地震が大きな地殻変動の前ぶれかもしれない、首相や大臣には「為政《いせい》者としては、かなりな覚悟を決めておいていただいたほうがいいかもしれん」と発言します。

「田所先生……」突然首相が声をかけた。「為政者として、相当な覚悟を、といわれたが、どの程度のことを考えておいたらいいのでしょう？」

「さっきもいったでしょう。まだはっきりしたことはいえない……」田所博士はちょっと肩をすくめた。「だが、日本が壊滅する場合も想定しておいたほうが、いいかもしれん。――場合によっては、日本がなくなってしまうことも……」

部屋の中に、ちょっと笑い声が聞こえた。田所博士はかすかな自己嫌悪の表情を顔に浮かべて、部屋を出た。（「第二章　東京」、前掲書）

最初は半信半疑だった政府ですが、戦前からの政界の黒幕である「渡」という老人の示唆もあり、日本が本当に沈没するのか、沈没するとすればそれはいつか、ということを極秘に調査するプロジェクトを始動させます。この計画の中心には当然、田所が据えられ、幸長助教授や、一民間人だった小野寺俊夫も巻き込まれていきます。

小野寺は、自分が勤めていた企業「海底開発ＫＫ」に対しては詳しい事情を話すこともなく、イタリアのナポリから辞表を郵送したのみで一切の連絡を絶ってしまいます。このあたりの転身の速さに、小野寺が戦後に生まれ育った世代に属することが垣間みえる気がします。突然自死した大学時代の友人、郷六郎の享年が三十一歳とありますから、おそらく同年輩でしょう。仮に一九八〇年に三十歳だとすると、小野寺は、敗戦時にはまだ生まれておらず、いわゆる「団塊の世代」の尻尾に入るか入らないかという世代、純然たる戦後世代の走りということになります。

政府を動かした渡老人とは、この時点で百歳を超す年齢で、社会の表面から身を潜めてしまってから二十年近く経つものの、ひと言ふた言で首相を動かすことのできる、政財界の黒幕的な人物として描かれます。作中の評言を借りれば、「ああいう世界で本当に力のある人は、悪い人だしね。そして、その〝悪いが、猛烈な力〟ってものが出てこなきゃ、何事も実現しないみたいなところもあるし……」。

確かに八〇年代末頃までは、この種の陰の調整役、フィクサーが永田町、霞が関で影響力を揮《ふる》った時代がありました。この渡老人と田所がホテルで極秘に会います。

「子供のようなことを聞くと思うかもしらんが、この老人に、一つだけ気がかりなことがある。——つばめじゃ」

「つばめ?」

「そうじゃ。——わしの家の軒先に、毎年つばめが来て巣をかける。もう二十年来のことじゃ。それが、去年、五月に来て巣をかけ、どういうわけか、七月になるといなくなってしもうた。産まれたばかりの卵をおいてじゃ。——そして、今年はついに来なかった。わしの家の近所でも、そうじゃ。——これは、どうしてかな?(中略)……何かの前ぶれかな?」

「何ともいえません」——田所博士は首をふった。「まったく、何ともいえないんです。——私自身も、その何かをつかもうと思って、必死になっているのですが。——ある漠然たる危惧《きぐ》はあっても、まだ何もはっきりいえないのです」(中略)「もう一つ、聞きたいことがある。——科学者にとって、いちばん大切なことは何かな?」

「カンです」言下に田所博士は答えた。(「第二章 東京」、前掲書)

この会見で渡老人は田所の言《げん》、挙措《きょそ》にただならぬ真実性を読み取り、首相を動かす決意を固めたのでしょう。

政府は、調査と並行して日本人を海外へ避難させる具体的な方策についても極秘裡に立案します。これらは合わせて「D計画」と呼ばれ、各地で火山の噴火や巨大地震が相次ぐ中、着々と施行されます。計画に参加した小野寺でしたが、純然たる戦後世代の彼は、途中で自分にできる仕事はほぼ終わった、日本への「お礼奉公」はもう十分にすませたような気がするといって、恋人とスイスに「脱出」することを決めます。

〝お礼奉公〟といういい方を聞いて、幸長の頰に微笑が浮かんだ。——そういう考え方が、いかにも戦後の青年だ。日本人として生まれながら、「国」だの「民族」だの「国家」だのに、暗い、どろどろした、宿命的な絆《きずな》などまるで感じていない。それでいて、国に対する「貸し借り勘定」はちゃんと意識しており、決して「恩義」を感じていないわけではない。だが、その「恩義」の感情は、民族や国に対して無限責任を感じたり、「運命共同体」の逃れられない紐帯《ちゆうたい》を意識したりする形で出てくるものではなく、きわめてドライでクールで、「借り」を返しさえすれば、いつでも自由な関係にはいれるものとしてとらえられているのだ。（「第二章 東京」、前掲書）

小松自身は幸長助教授とほぼ同年代に当たります。幸長の小野寺評は、小松の十歳ほど年下の「純然たる戦後世代」への感懐に重なるとみてよいでしょう。当時の団塊世代像、「新しい日本人」像です。

このドライで、クールで、しかも人当たりのいい、人好きのする、おとなの悪魔的な意地悪によってつけられたねじくれた「傷」を負っていない、べたついたところがなく、物質や権力に対する執着もなく、生活に対する欲望も淡泊で、さらりとした感じの青年たちは、いわば戦後日本の生み出した傑作といえるだろう。（中略）彼らは、自分たちを、「日本の中でしか生きていけない」と考えてはいない。地球上、どこへ行っても自分は生きていける、と思っている。（同前）

物語は、こんなコスモポリタン的自画像を思い描いている「新しい日本人」に対し、皮肉な運命を負わせます。大規模な地変、国土の崩壊が予測を上回る速度で進み、小野寺の「脱出」行は阻まれてしまうのです。

が、あえて生路を求めず、国内に残留し、壊れゆく列島と運命を共にする道を選択する者もいます。田所博士や渡老人のように……。田所と渡が最後に交わした会話には、この小説のモーティヴが凝縮されているといっても過言ではありません。

日本列島が海没するという、すこぶる荒唐無稽な〝お話〟を、小松はなぜ、真に迫る筆致で描破することができたのか。そのことを考察する前に、第1章に続いて、彼のキャリアを少しく振り返ってみましょう。

## 『果しなき流れの果に』の余映

一九六〇年に、第1章で解題、論評した『地には平和を』を執筆し、翌年『S-Fマガジン』のコンテストに投稿して以降、小松はおもむろにプロ作家への道を歩み出します。六三年には『地には平和を』を外題とする初の短編集が上木されます。その表題作と収録作『お茶漬の味』の二篇が下半期の直木賞候補にノミネートされたことで弾みがつき、原稿依頼が増え、世評もどんどん高まってゆきました。事実上のデビュー作『地には平和を』執筆から、空前のベストセラーとなる『日本沈没』をものするまでの十三年間は、小松の第一の豊饒期といえるでしょう。

長編だけを拾ってみても、大阪の砲兵工廠《こうしょう》跡に鉄を食う人類が現われる『日本アパッチ族』（一九六四年）、未知のウイルスによって人類が全滅の危殆《きたい》に瀕する『復活の日』（一九六四年）、超能力者《エスパー》で組織された秘密工作機関が、世界を動乱に陥れようとする謎のエスパー集団と暗闘を繰り広げる『エスパイ』（一九六五年）、前章で詳しく論じた、日本を代表する時空SFの巨編『果しなき流れの果に』（一九六六年）、人間という種の成長と登場人物たちの青春を重ね合わせたミステリー仕立てのSF『継ぐのは誰か？』（一九七〇年）など、主要作を次々に刊行しています。

第2章に記したように、本作の表題原案は『日本滅亡——果てしなき流れの果てに…、出発の日』でした（新海均『カッパ・ブックスの時代』河出書房新社）。雑誌連載時から数えると八年ほど先行して発表された『果しなき流れの果に』のタイトルが、ほぼそのまま副題に組み込まれています。

しかも、『果しなき流れの果に』には、時代設定こそ大きく異なっていますが『日本沈没』の原型と、〝その後〟の展開を予察させる未来史が書き記されています。

『果しなき流れの果に』の主人公の一人、I・マツラ（第2章参照）が、冥王星第二衛星ケルベルス（ケルベロス）の宇宙フェリー基地を訪れます。ちょうどケンタウルス座アルファ星系の惑星を目指す、人類史上初の「〈恒星移民団〉」が出立を目前にしていました。マツラは、彼等のなかに叛逆者が紛れ込んでいるとの情報を得て、捜査に当たります。移民団は子供を含む二百家族より構成され、全員が日本人でした。けれども、彼等の故国はすでに地球上に存在していません。

「二十一世紀の半ば、思いもかけぬ大地震と地質変動で、日本列島が、わずかな高山頂をのこして、海底にしずんでから、この古い歴史をもつ、文明度の高い、エネルギッシュな民族は、祖国を失った、さまよえる民となった。当時一億七千万をかぞえた人口は、一挙に五分の一になり、各国は難民うけいれに大わらわになった」

「仮政府は、アルゼンチンにできたが、もはや昔日《せきじつ》の力はなかった。——当初、難民をあたたかくむかえた各国は、やがて、ほとぼりがさめると、非常に長期にわたる、厄介《やっかい》な問題をかかえこむことになった。当時、国家的エゴイズムはまだ完全に解消されていなかった」「財産をもたない、三千五百万の流民の圧力は、かなりな問題を世界中にまきおこした。それでも、大部分は、新しい世界にとけこんだ。だが、――とけこむことを拒否する人々、自分たち同胞だけの、新しい『日本』という国家をつくる悲願を胸に抱き、各国の中に、自分たちを融解させてしまうことに、頑強に抵抗する一派があった」「彼らは、『約束の地』を求めて、熱にうかされたように、移民請願をおこなった」「彼らは月に、火星に、木星の衛星上に、彼らの奇妙な、貧しく、閉鎖的なコロニーをつくっていった」（「第七章　狩人たち」『果しなき流れの果に』ハルキ文庫）

ナショナル・アイデンティティに拘《こだわ》る「一派」が未開発の地球型惑星があるという風評を聞きつけて以来、二十年にも及ぶ「猛烈な運動」のすえに、ようやく二百家族、五百名が彼方の天体に旅立つことになりました。

人波がざわざわゆれた。――突然、移民団のリーダーらしい、年をとった、白髪の男が帽子をとって、なにか叫んだ。群衆の中から、最初、低い唸《うな》り声のようなものがまきおこり、つづいてそれが次第に、一つの単純なメロディ、巨大な合唱となって、

ドームの中にひびきわたった。（同前）

移民団によって唱われているのは、すでにかなり変形してしまっているものの、間違いなく「君が代」でした。二回、三回と繰り返される合唱はその度に荘重さを増し、一層物悲しい調子を帯びていきました……。

『日本沈没』の起筆は一九六四年ということですから、この一節は『果しなき流れの果に』と『日本沈没』とがほぼ同時に構想され、それらのプロットが並行して形成されていったことを示唆するものでしょう。

日本人移民団の宇宙への門出のエピソードは、四十年の歳月を経て『日本沈没　第二部』（小松左京、谷甲州）の終章で再び語られます。

## 「SF界のブルドーザー」と呼ばれて

第一の豊饒期に話を戻しましょう。短編中編も、例えば本格SFだけとってみても『神への長い道』（一九六七年）、『袋小路』（一九七〇年）、『BS6005に何が起こったか』（一九七一年）、『結晶星団』（一九七二年）のような不朽の名作がこの時期に書かれました。

予見性に満ちた未来学の基本書であり、〝小松思想〟の形成と展開がストレートに表われている長編評論として、いまなお少しも色褪《いろあ》せぬ名著『未来の思想』（一九六七年）もこの間の成果です。

その他、日本の短編ホラーの傑作に数えられる『くだんのはは』（一九六九年）、『生きている穴』（一九六七年）、『保護鳥』（一九七一年）もこの十三年の間《あいだ》に書かれました。ここにエッセイやルポルタージュなどが加わります。

「SF界のブルドーザー」という異名を取ったのもこの時期。命名者は小松によれば、『小説サンデー毎日』の編集次長を務めたSF作家仲間の石川喬司です。

彼は日本SF界の草創期のメンバーをよくこんな具合に評していました。

> 「漫画星雲の手塚治虫星系の近くにSF惑星が発見され、星新一宇宙船船長が偵察、矢野徹教官が柴野拓美教官とともに入植者を養成、光瀬龍パイロットが着陸、福島正実技師が測量して青写真を作成、いち早く小松左京ブルドーザーが整地して、そこに眉村卓貨物列車が資材を運び、石川喬司新聞発刊、半村良酒場開店、筒井康隆スポーツカーが走り、豊田有恒デパートが進出、平井和正教会が誕生、野田昌宏航空開業

……」（『SF魂』）

小松は「石川さんは『コンピュータ付きブルドーザーですよ』と言ってくれたけれども」と付言しています。

政界で「コンピュータ付きブルドーザー」といえば、いまも田中角栄のことを指しますが、広大な領野の開拓者はそう喩えられるような、知力と実行力を兼ね備えたものなのでしょう。

田中の主著『日本列島改造論』（日刊工業新聞社）は、『日本沈没』が出版される前年、一九七二年に上梓され、わずか一年で二十二刷、九十一万部の売上げを記録しました。二人の「コンピュータ付きブルドーザー」によって、相次いで出されたベストセラーはメディア等で対比的に扱われました。時代の皮肉です。

## 大阪万博と未来学

いまみた通り、多作家の小松でしたが、活字の世界にのみ安住せず、放送メディアにも進出します。一九六四年には、ラジオ大阪（ＯＢＣ）で桂米朝[*1]という話芸の達人と組んで

『題名のない番組』なるトーク番組を始めました。

また第1章でも述べたように、大阪・千里で開催された「日本万国博覧会〝EXPO'70〟」（大阪万博）のサブ・テーマ委員、テーマ館サブ・プロデューサーに就きます。

大阪万博との機縁も放送メディアが取り持ったものでした。在阪テレビ局、朝日放送（ABC）のPR誌『放送朝日』一九六三年一月号に、人類学者の梅棹忠夫[*2]の手になる『情報産業論』が掲載されました。この論考は改稿され同年の『中央公論』三月号に転載されます。これに小松は注目します。

「情報産業」、今では当たり前の言葉だが、当時は概念の新しさに世間はびっくり仰天した。梅棹さんが世界で初めて使ったのだ。私もそのオリジナリティーに瞠目《どうもく》した。（『自伝』）

小松も『放送朝日』にSFルポ「エリアを行く」の連載を持っていたことから、やがて梅棹の自宅で開かれる知識人サロンに招かれます。これが梅棹を中心とする私的研究会「貝食う会」に発展し、さらにこの集いを母体として一九六四年夏、「万国博を考える会」

が発足する。『放送朝日』編集長の仁木哲が音頭を取り、朝日放送が事務連絡関係を与《あずか》りました。梅棹、小松の他の参加者は、社会学者の加藤秀俊、文化人類学者の川喜多二郎、経済学者の鎌倉昇、フランス文学者にして大衆文化研究家の多田道太郎でした。仁木を含めて七人のメンバーでスタートしたのです。

「考える会」はあくまで民間有志の団体であり、国の方では財団法人日本万国博覧会協会という組織ができあがり、準備が進んでいく。その両者の関係は微妙なものがあった。（加藤秀俊「小松左京と走り抜けた日々」小松左京『やぶれかぶれ青春記・大阪万博奮闘記』所収、新潮文庫）

やがて通商産業省の官僚、新井真一の尽力によって「万博協会側が『考える会』を上手に取り込んでいく」（前掲）かたちで両者の共存、協力の関係が成立します。

梅棹を中心とした知的サロンは、万博プロジェクトと並行して「未来学研究会」を派生させます。

メンバーは梅棹さん、林雄二郎、川添登、加藤秀俊の各氏、それに私で、林さんは当時、経済企画庁の経済研究所所長、川添さんは建築評論家、加藤さんは京大教育学部の助教授だった。全員が三、四十代だった。（『自伝』）

この研究会をもとに一九六八年七月六日「日本未来学会」が設立されます。

万博と未来学。この二つのプロジェクトに関わって、小松は何を得たのでしょうか。

一つはアカデミアにおける人脈形成です。梅棹忠夫、加藤秀俊との交際、協働を契機として、京都大学の人文科学研究所や霊長類研究所などの学者たちと接点ができました。

「いわば学生時代に劣等生だった人間が、卒業してから『京大の学問』の面白さを再認識し、交流が深まっていった格好だ」「当時の京大人文研の比較文化研究は、日本論や日本人論にも影響を与えつつあった」「僕の一連の日本論のベースには、この頃に培われた物の見方、考え方があるし、当時すでに構想を練り始めていた『日本沈没』にも影響を与えていると思う」（『SF魂』）

もう一つは実務家、実践家たちの生態を身を以て知ることができたことです。とくに万博準備を通じて、小松は官界、政財界の人々と直に交わり、ときに厳しい折衝に臨んだり、協力関係を築いたりしました。この経験が、『日本沈没』における政治家、官僚、財界人の動きの描写に生きていると思われます。

あれだけの国家的イベントの建設作業に関わることができたのは、貴重な経験だったと思っている。官僚組織や国家機構を内部から見た経験は、結果的には『日本沈没』執筆の際にも活かされている。（『SF魂』）

## 希望の未来、絶望の未来

なぜSFは人類や国家の滅亡を好んで描くのでしょうか。小松は『拝啓イワン・エフレーモフ様』にこう書き付けていました。

〈破局〉を設定することによって、はじめて人間が、人類が、そのモラルが、社会機構や文明や歴史が、いわばこの世界が〝総体〟として問題にされるのです。世界がそ

> の全貌をわれわれの前に現わすのは、それが総体的に否定される時であり、〈破局《カタストロフ》〉の仮定は、単純でしかも力強い否定の様式の一つにちがいありません。そして現代社会においてはSFこそが、繊細な肥大漢と化して、それ自体の内面性との間に甘い対話をつづけながら身動きとれなくなった二十世紀前半文学に対して、単純で荒々しい破局の姿を提出しつづけているのであります。（『拝啓イワン・エフレーモフ様』）

従って、『日本沈没』がわれわれ読み手に突き付けているのは、大規模地震をはじめとする災害の脅威でも、防災のための国土改造の緊要性でもありません。もちろん道具立てが精巧であるため、そういう「用途」を期待して読むことも十分可能ですが、それは作者の本意からは離れています。

この作品の意図は、全壊全滅の危機に瀕している状況を媒介として、戦後日本社会の「総体」を明確に炙り出すことにあった。これも一種の「思考実験《ゲダンケンエクスペリメント》」だったのです。

しかし、滅びを近い将来に訪れるものと設定しても、かつてのように「神の怒りによって」という説明では誰も納得しません。天譴《てんけん》によって地上が焦土と化すなどといっても、何のリアリティもない。信仰がわれわれの営みの前提になっていないからです。覆滅《ふくめつ》をリアルに感じることができないならば、滅ぶべき世界が総体として問われる仕儀にはなりません。そこで道具立てが必要となります。読者に世界の破滅をリアルに感じさせるような条件を挿入するのです。

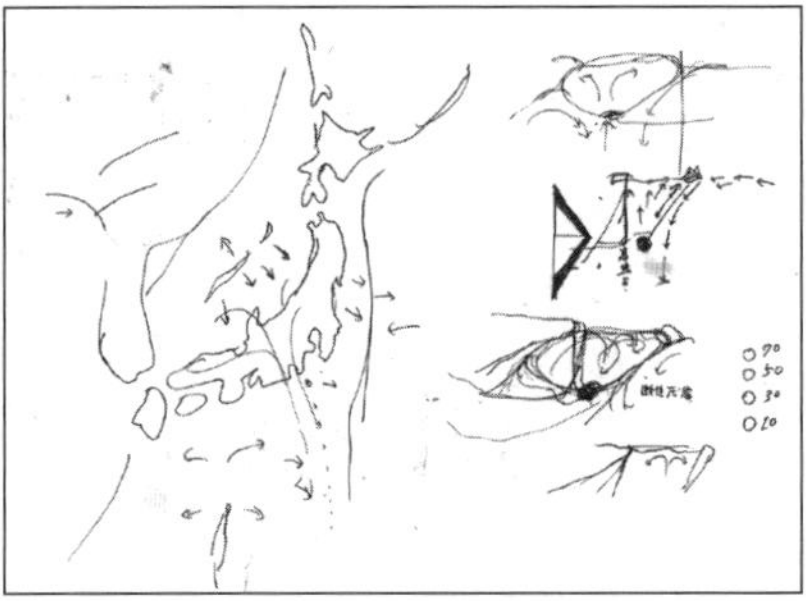

沈没のメカニズムを検討した『日本沈没』創作メモ（写真提供／小松左京ライブラリ）

## 圧倒的なリアリティ

『日本沈没』では日本全土が海に没するという事態を、いかにももっともらしく、科学的に説明するかが、小松の課題となりました。小松は地質学等の先端的成果を渉猟し始めます。

「たしか六二年にツゾー・ウィルソンの大洋底拡大説が『サイエンティフィック・アメリカン』か『ナショナル・ジオグラフィック』に紹介されてたんだ。これでウェゲナーの大陸移動説が復活するのかねって思った」

「一九六四年に地球物理学者の竹内均先生、上田誠也

先生の『地球の科学』、六五年に『地球の歴史』がＮＨＫブックスから出る。要するに潜水艦や深海潜水艇で海底地形や海底の動きを観測して、いわゆるマントル対流とかプレートテクトニクスが実際にあることがわかってきた。一緒だった南北アメリカ大陸とアフリカ、ヨーロッパがだんだん離れていったというのは、大変なものだよね」（『自伝』）

大陸移動説とは、何億年の昔、地球の陸地はひとつだったのが、分裂して別々に漂流、今の形になったというもの。アルフレート・ヴェーゲナー（アルフレッド・ウェゲナー）が『大陸と海洋の起源』という著書でその説を提唱したのが一九一五年。今から百年ほど前のことでした。が、当時の地球物理学のレベルでは、大陸移動の原動力を説明するものがなく、その説は停滞します。その後、ヨーロッパの大陸と北米大陸の岩石で古地磁気極移動曲線[*3]を調べると、つながっていた北米大陸とユーラシア大陸が、六千五百万年前頃から分裂を開始し、大西洋がしだいに東西に拡がって現在の姿になったことがわかってきます。一九六〇年代になると、海洋底拡大説が登場し、プレートが海嶺で生産され、左右に移動しているという「プレートテクトニクス（＝ＰＴ）」が学界で受け入れられるようになりました。

余談ですが、日本における「プレートテクトニクス」の受容には、諸外国と比して長い時間が掛かりました。小松が参考にした『地球の科学』『地球の歴史』の共著者、上田誠也はある書評で「先走って『PT』樹立の渦中にあった評者には、地球物理仲間からも『都合の良いデーターだけ並べて、プレートを勝手に動かす軽薄の徒』などとの批判は少なからずあった」と回顧しています（Japan Geoscience Letters May, 2009 No.2)。PT学説に比較的理解のあった地球物理学の世界でも、これほどの拒絶反応が起きたのです。

プレートは、マントルの上に乗っています。マントルは固体ですが、ゆっくりと対流しています。田所博士はマントルの対流によってプレートが動いていくと説明していますが、現在ではプレートが自身の重みで海溝に沈んでいく力もプレートを動かす原動力として有力視されています。そして博士は、作中の日本列島に発生している

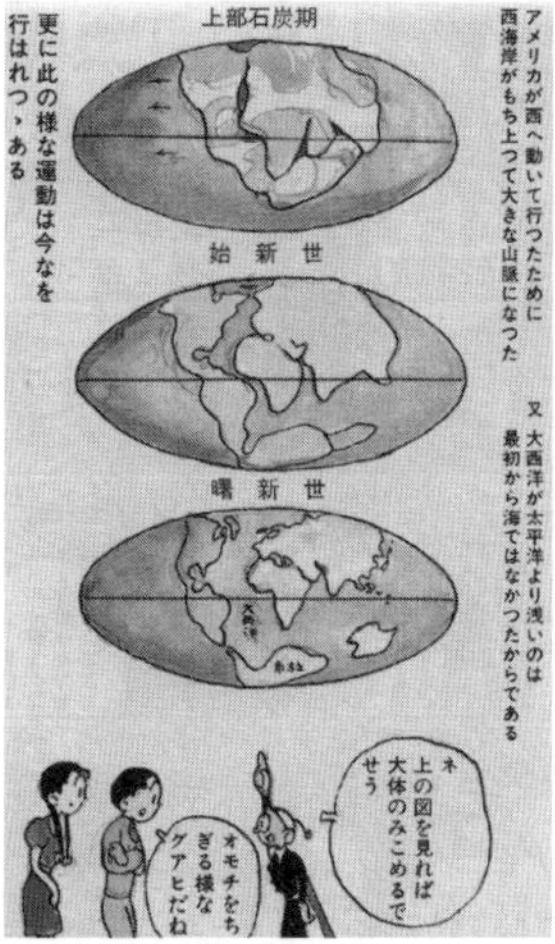

十八歳のときにモリ・ミノルの筆名で描いた漫画『ぼくらの地球』(一九四九年)。すでに大陸移動説を描いている(写真提供／小松左京ライブラリ)

数々の地殻変動の要因を、列島付近の地下におけるマントル対流の〝激変〟にあるのではないかと推測しています。

プレートテクトニクスは、今日、専門家だけではなく、広く一般に知られています。小松が幸運だったのは、この小説の執筆時期は、学会においてプレートテクトニクスの定説化が進んでいる時期に重なっており、結果として最新の定論《ていろん》を取り入れたかたちに仕上がりました。

先般、京都大学の地球変動学（テクトニクス）の研究者に『日本沈没』の現時点での評価を尋ねたところ、基礎的な理論の部分はまったく古びてないということでした。但し、『日本沈没』の作中では、事象の進行速度が現実より何桁も速くなっているため、実際には日本列島が海に沈むことはないそうです。

この小説にとって、もう一つ幸いに作用したのは時代背景です。出版された一九七三年は「高度成長期」の最終年に当たります。一九五四年に始まり十九年間続いた高度経済成長期が終わりを迎えようとしていました。

とくに七三年の第一次オイルショックは、「列島改造景気」に止《とど》めを刺し、さしもの田中角栄首相も「列島改造はスローダウン」と表明せざるを得なくなります。

前途に暗雲が垂れ込めているがごとき世相は出版界の動向も左右します。一九九九年の人類滅亡を予告しているという詩篇を扇情的《せんじょうてき》に紹介した五島勉の『ノストラダムスの大予言』が爆発的な売行きをみせ、終末論がブームとなり、果ては『終末から』という名の隔月誌まで、老舗《しにせ》の筑摩書房から創刊されました。ちなみに、この雑誌には小松左京も連載を持っていました。秋竜山が先鋭的なギャグセンスに富むイラストを添えた架空インタヴュー『おしゃべりな訪問者』。著者自身がタイムマシンに乗り込んで各時代を巡り、偉人たちと会見して回るという趣向ですが、小松の博覧強記ぶりが遺憾なく発揮された奇手の快作です。

こうした時代の趨勢《すうせい》は、『日本沈没』にとっては絶好の追い風でした。

## 近代国家とポストモダンの〝くに〟

小松は、『日本沈没』を書き起した動機について、まず「戦争だった」と振り返っています。

本土決戦、一億玉砕で日本は滅亡するはずが終戦で救われた。それからわずか二十年で復興を成し遂げ、オリンピックを開き、高度経済成長の階段を駆け上がって万博。日本は先進国になった。私もその渦中を駆け抜けたのだが、豊かさを享受しながら、危うさや不安がいつも脳裏にあった。日本人は高度経済成長に酔い、浮かれていると思った。あの戦争で国土を失い、みんな死ぬ覚悟をしたはずなのに、その悲壮な気持ちを忘れて、何が世界に肩を並べる日本か、という気持ちが私の中に渦巻いていた。のんきに浮かれる日本人を、虚構の中とはいえ国を失う危機に直面させてみようと思って書きはじめたのだった。日本人とは何か、日本とは何かを考え直してみたいとも強く思っていた。（『自伝』）

一九七三年は高度成長が終わった年です。国民の間《あいだ》にも、国土を削り、穴を穿《うが》ち、山河を汚しながら高い成長を遂げ、なお列島を改造しようとすることへの反省が醸成されつつありました。

井上ひさしは『日本沈没』がベストセラーになった時代背景を顧みて、こう述べます。

とくに重要なのが、円の変動相場制への移行、石油危機、水銀、ＰＣＢ（ポリ塩化ビフェニール）汚染魚の三つだろう。前の二つは高度成長が終わったことを告げ、汚染魚騒動は人間がつくりだした物質が食物連鎖という自然界の回路を巡って結局は人体に蓄積されるということを教えた。つまり日本人の何割かは、繁栄がカルタの城にすぎなかったこと、そして自然が必ず報復することを思い知ったのである。「逆転」を惹句にするオセロゲームがこの年に発売されたのはまことに象徴的で、戦後史はこの年、逆転をおこしていたのだった。終末論や未来論がブームになったのも、そして『日本沈没』がよく読まれたのも、この文脈に沿えば容易に理解できるはずだ。（「日本沈没　小松左京　昭和四十八年」『完本　ベストセラーの戦後史』文春学藝ライブラリー）

引文中の「カルタの城」とは英語の〝house of cards〟、つまりトランプで作った塔のことで、〝砂上の楼閣〟と同義です。

小松は、『日本沈没』よりも前に『静寂の通路』（一九七〇年）という環境問題をテーマにした怖ろしい短編をものしています。その冒頭にはレイチェル・カーソンの『沈黙の春』から「おそろしい妖怪《ようかい》が、頭上を通りすぎていったのに、気づいた人は、ほとんどだれもいない」という一文が引かれています。

『日本沈没』には、こうした終末観に繋がる状況認識とともに、日本という、〝われわれ〟を規定し、束縛し、限界を画している枠組みが突如取っ払われてしまったとき、果たしてわれわれは〝日本人〟として生き延び得るか、という問題意識が反映していました。

後者は次の問いに変換できます。「国破れて山河あり」という有名な杜甫《とほ》の漢詩の一節がありますが、では、山河が滅失したとき、国は持続し得るのか。その場合の国とは、日本とは一体何なのか、という問いです。

『日本沈没』刊行の三年ほど前、小松は杜甫の顰《ひそ》みに倣うかのような言い回しで「〝くに〟はあっても国家なし」が日本という共同性の特質だ、と主張する論考を発表していました。

> 日本の「くに」は、このホモジニアスな国民の共通のハイマートとして、心の底には存在するが、近代的、超人種的な対外行動組織としての「国家」には、少数者をのぞく大部分の日本人はついに習熟しきれなかったのだ。（「サブナショナルの国『日本』――〝くに〟はあっても国家なし」「流動」一九六九年十二月創刊号、東亜経済研究所）

「ハイマート」とはドイツ語の“Heimat”で家郷という意味です。要するに日本国の本質は同族意識に基づく大規模共同体であって、近代国家としては不完全だ、というのです。しかし、小松はその状態を嘆いているわけでも、近代（国家）化を促してるわけでもありません。むしろ〝くに〟であることに肯定的です。

> 日本人は、「インターナショナル」とか「トランスナショナル」というより、むしろ「サブナショナル」なレベルにおいて、おおいに世界に発展しつつあるのである。（同前）

サブネーションとは、国家にいたらず、家族や親族よりは大きい共同体、地域社会、文化集合体、エスニック・グループ、機能集団などを指します。小松はこうしたサブナショナルな共同主体の拡がりを、前《プレ》国家的な混沌や無秩序と看做すのではなく、むしろ後《ポスト》国家的な、開放的で多様なネットワークへの先駆形と捉えます。

生産の上昇と「ゆたかな大衆」の出現、そして技術革新にともなう世界的な規模の通信、交通革命は、「国家の媒介なしで」サブナショナルな組織の直接的な交流がし

> だいに拡大しつつある。かつては、地域が相互に必要とした「国家というかたい外殻」は、しだいにその必要性を減少しつつある。なおそれは、「経済政策」において必要な地域単位であるとはいえ、「国家の介入を必要としない」局面は徐々に拡大しており、その中でまた、世界の大きな部分の再編成がおこなわれつつある。（同前）

マクロ経済政策を除く国家の役割は失われつつある……。まるで一九八〇年代以降の、ポストモダンの脱国家観やコミュニタリアニズム（共同体主義）を先取りしたかのような国家と共同体のイメージです。本作の「エピローグ」などで、家郷《ハイマート》の滅失に焦点が置かれるのも、その背景にかかる問題意識が控えていたということになります。そこで描かれているのは、単なるパトリ（情懐の祖国像）喪失の悲劇ではなく、グローバリズムの進行過程にあって、なお人々のアイデンティティを担保してきた家郷性や共同性までも根《ね》扱《こ》ぎにされてしまう極限状況でした。小松はこのフィクションをそのように設計したのです。

つまり、「山河」に象徴されるサブナショナルな〝くに〟の器、アイデンティティの揺《よう》籃《らん》すら失われてしまったときに、果たして「日本」は生き残れるのか……と。

こんな、長期を見通す視位に立って問題設定がなされたからこそ、本作は色褪せず、時代の移ろいに耐え、世紀を跨いで新たな読者を得ているのです。

## 業《カルマ》としてのアイデンティティ

国破れ、山河をも失ったとき何が残るのか。とりあえずエスニシティ（民族性）や固有文化が、あるいは日本語という言語が残る、という答えが予想されます。けれども国土をすべて失い、われわれが世界各地に離散したとき、果たしてそれらは伝承されるでしょうか。数世代の後には、それぞれ移住先の風土や文化、言葉に馴染み、溶け込んでしまうのではないか……。渡老人の眼差しの向こうに答えらしきものが明滅しています。

「日本人であり続けようとしても……日本人であることをやめようとしても……これから先は、どちらにしても、日本の中だけでは、どうにもならない。外から規定される問題になるわけじゃからな……。〝日本〟というものを、いっそ無くしてしまえたら……日本人から日本を無くして、ただの人間にすることができたら、かえって問題は簡単じゃが、そうはいかんからな……。文化や言語は歴史的な〝業《ごう》〟じゃからな……。日本の国土といっしょに、日本という国も、民族も、文化も、歴史も、一切合《いっさいがっ》財《さい》ほろんでしまえば、これはこれですっきりはしておるが……だが、日本人は、まだ若々しい民族で……たけりをたっぷり持ち、生きる〝業〟も終わっておらんからな……」（「第五章　沈み行く国」『日本沈没』（下）小学館文庫）

文化や言語は歴史的に積み重ねられた業《カルマ》であり、さらにその底に生命体としての業、生きる業が潜み、作用し続けている。これは文明論というより一種の仏教的諦観というべきものです。正しい認識ではあるけれども、僧侶ならざる世俗の人々はそこまでなかなか悟りきれない……。

田所博士は山河草木こそが国であるといいます。

「日本人は……ただこの島にどこかから移り住んだ、というだけではありません」「日本人というものは……この四つの島、この自然、この山や川、この森や草や生き物、町や村や、先人の住み残した遺跡と一体なんです。日本人と、富士山や、日本アルプスや、利根川や、足摺岬は、同じものなんです。このデリケートな自然が……島が……破壊され、消え失《う》せてしまえば……もう、日本人というものはなくなるのです……」（「エピローグ　竜

の死」、前掲書）

一見エキセントリックで、奔放不羈《ふき》にみえ、かつては「日本など——こんな国なんか、わしはどうでもいいんだ」「わしには、地球があるのだ。日本が——この小さなひもみたいな島がどうなろうと……」と嘯いていた田所ですが、その心底には、ほとんど狂恋といえるほどの日本という風土への愛着が渦巻いていました。

彼は列島と運命をともにする道を選びます。その告白を聞いた渡老人は異なる希望を口にします。日本人は未だ「若い民族」であることを再び強調して……。

「日本人は……若い国民じゃな……」そういって老人はちょっと息をついた。「あんたは自分が子供っぽいといったが……日本人全体がな……これまで、幸せな幼児だったのじゃな。二千年もの間、この暖かく、やさしい、四つの島の懐《ふところ》に抱かれて……外へ出ていって、手痛い目にあうと、またこの四つの島に逃げこんで……子供が、外で喧嘩《けんか》に負けて、母親の懐に鼻を突っこむのと同じことじゃ……。それで……母親に惚れるように、この島に惚れる、あんたのような人も出る……。だがな……おふくろというものは、死ぬこともあるのじゃよ……」

「日本人はな……これから苦労するよ……。この四つの島があるかぎり……帰る〝家〟があり、ふるさとがあり、次から次へと弟妹を生み、自分と同じようにいつくしみ、あやし、育ててくれている、おふくろがいたのじゃからな。……だが、世界の中には、こんな幸福な、温かい家を持ちつづけた国民は、そう多くない。何千年の歴史を通じて、流亡を続け、辛酸をなめ、故郷故地なしで、生きていかねばならなかった民族も山ほどおるのじゃ……。あんたは……しかたがない。おふくろに惚れたのじゃからな……。だが……生きて逃れたたくさんの日本民族はな……これからが試練じゃ……家は沈み、橋は焼かれたのじゃ……。外の世界の荒波を、もう帰る島もなしに、渡っていかねばならん……。いわばこれは、日本民族が、否応《いやおう》なしにおとなにならなければならないチャンスかもしれん……。これからはな……帰る家を失った日本民族が、世界の中で、ほかの長年苦労した、海千山千の、あるいは蒙昧《もうまい》で何もわからん民族と立ちあって……外の世界に呑みこまれてしまい、日本民族というものは、実質的になくなってしまうか……それもええと思うよ。……それとも……未来へかけて、本当に、新しい意味での、明日の世界の〝おとな民族〟に大きく育っていけるか……日本民族の血と、言葉や風俗や習慣はのこっており、また、どこかに小さな〝国〟ぐらいつくるじゃろうが……辛酸にうちのめされて、過去の栄光にしがみついたり、失われたものに対する郷愁におぼれたり、わが身の不運を嘆いたり、世界の〝冷たさ〟に対する愚痴《ぐち》や呪詛《じゅそ》ばかり次の世代に残す、つまらん民族になりさがるか……これからが賭《か》けじゃな……」（「エピローグ　竜の死」、前掲書）

この、やや突き放した視点から発された希望は、渡老人の出自と深く関わっていました。「わしは――純粋な日本人ではないからな……」。

渡の父親は清国の僧侶でした。この告白が彼の最期の言葉となりました。

老人のナショナル・アイデンティティは不定であり、終生「ちょっとわかりにくいところがある」という日本人に対する違和感を拭うことができませんでした。

それ故に彼は、この国の帰趨《きすう》を客観的に見通すことができたのです。

### 生き残る者たちの「寓話」

物語の終わりに、身体に重傷を負い、意識が朦朧《もうろう》としている小野寺俊夫とともに旅をする摩耶子《まやこ》の挿話が置かれています。彼らは災禍を逃れ、とりあえず定住できる土地に向けて走る列車の中にいます。

摩耶子はマコという源氏名の、ちょっと変わったところのある若いホステスでした。この小麦色の肌の娘と銀座の店ではじめて会ったときに交わした不思議な会話を、小野寺は憶えています。そのとき彼は、小川未明《みめい》の童話『赤い蠟燭と人魚』[*4]を想起しました。あの、己が業によって滅びを招き寄せてしまう、人なるものの運命が哀しく、美しく綴られた物語を、彼はなぜか思い出したのでした。

この災厄が降り掛かる前の東京での出会いは短く、一見何気ないシーンなのですが、どこか幻想的な言葉の取り交わしであるためか、読む者の心に深い印象を刻みます。小野寺にとっても〝忘れ難い些事〟だったらしく、その後、代々木の超高層ビルで偶然再会したときにも、——大きな変災の影が迫り、自棄的な精神状況に陥っていたにも拘らず——彼はこの娘《こ》にすぐに気付きました。

既述のとおり、小野寺は「お礼奉公」を終え、いち速く難を逃れるため、恋人とスイスに「脱出」するつもりでした。ところが富士山の噴火で彼女と合流できなくなり、結局日本に留まることになりました。そして、危険な場所で救援隊として不眠不休で働き続けたのです。そんななか彼は、長野県小谷《おたり》近辺の山中で、逃げ遅れた女性を救出します。それが摩耶子との邂逅だった。ところが退避中に戸隠山の噴火に巻き込まれ、二人は大怪我を負ってしまいます……。

定住地を目指して驀進《ばくしん》する列車の中で、摩耶子は祖母の故郷である八丈島に伝わる丹那《たな》婆《ば》の話[*5]を小野寺に語ります。まるで幼子を寝かすため母がお伽噺《とぎばなし》を読み聞かせるように。けれどもそれは童話ではなく、「こわいような、悲しいような、かわいそうなような伝説」でした。

「むかしむかし、八丈島は、地震の時の大津波におそわれて、全島民が一人残らず死んでしまったんですって……。その中で、たった一人、丹那婆って娘だけが、櫂《かい》につかまって助かって、島の洞穴へ流れついたの」「ところが、その丹那婆って娘は、その時妊娠していたのね……。だんだん、だんだんおなかが大きくなって、まもなくたった一人で、陣痛に苦しみながら、赤ん坊を生み落としたの。その赤ん坊が、男の子だったのね……」「やがて赤ん坊は、りっぱな少年に成長した。ある晩、母親の丹那婆は、息子を呼んで、この島の島民が、昔、津波で全部死んでしまって、その息子をおなかにみごもった丹那婆だけが助かった話を聞かせたの。そして〝死んだ島の人たちのかわりに、島の人間を、私たち二人だけで増やしていかなければならない。だから、おまえは私と交わって、おまえの子種を私におくれ。そうしたら、私は、おまえの妹を生んであげる。妹ができたら、今度はお前は妹と交わって、子供たちを増やしていくんだよ。……〟」「そうしてだんだん子孫を増やしていった。……それが八丈島の島民だ、というの……」（「エピローグ 竜の死」、前掲書）

摩耶子と出会ったとき小野寺が思い浮かべたのは『赤い蠟燭と人魚』。業による人の滅びを描いた美しくも、暗い童話でした。そしてここで摩耶子が語るのは、故郷に伝わる「陰惨みたいな」「くらあい、かなしい感じ」のする説話。けれど業によって人が生を繋いでいく物語……。彼女は丹那婆の伝説を「暗い、悲しい、いやあな話」としながらも、どこか「心の底で、私の支えになっている」と問わず語りに語ります。にしても、なぜこの巨編のラストに挿入されたのか。何か重大な意味を含んだ寓話のようにもみえます。

さまざまな解釈が可能だと思いますが、私は上引の、渡老人の語りに出てくる「生きる〝業〟」のことを想起せずにはいられません。「生きる〝業〟」は滅びに対する生命の最後の抵抗線です。たとえ近親間の交接による生殖を繰り返しても、人は生き延びる。それが生きるという業《カルマ》だから。そしてそれが文明の希望であり、同時に絶望でもある……。かく、人なる者の運命を暗示して壮大な劇は幕を閉じます。

＊1　**桂米朝**
一九二五〜二〇一五。落語家・人間国宝。一九四七（昭和二十二）年に四代目桂米団治門下となり三代目桂米朝を名乗る。小松左京も感動したという、一時間を超える古典落語の超大作「地獄八景亡者戯」などを得意とした。

＊2　**梅棹忠夫**
一九二〇〜二〇一〇。民族学者・文化人類学者。京都帝国大学理学部で動物学を専攻するが、一九四〇年代前半に今西錦司率いるポナペ島（カロリン諸島）調査隊・大興安嶺探検隊（いずれも後の京大山岳部・探検部の前身）に参加し、民俗学・文化人類学に移行。国立民族学博物館の創設に尽力し、大阪万博跡地にできた公園内に博物館が開館されると初代館長を務めた。

＊3　**古地磁気極移動曲線**
さまざまな地質時代の岩石について、その岩石が生成された時点における磁場の位置を計算

して地球儀の上に示し、それらの点をつないだ曲線。時代が遡るほど、現在の磁極の位置から離れるような結果が得られる。磁極自体は実際には大きく移動しないので、この結果は、過去に大陸が移動したことを示すものとされる。

*4　『赤い蠟燭と人魚』
小川未明（一八八二〜一九六一）が一九二一年に発表した創作童話。海辺の街で蠟燭店を営む心やさしい老夫婦に育てられた人魚の娘は、美しく成長する。娘の作った蠟燭は、火をともして漁に出ると、海がしけていても無事に帰って来られることで大変な評判になる。噂を聞きつけた行商人は、老夫婦に娘を売ってほしいと頼む。大金に目がくらんだ老夫婦は娘を手放してしまう……。

*5　八丈島に伝わる丹那婆の話
この伝説は、江戸で生まれ殺人の罪で流人となった近藤富蔵（一八〇五〜八七）が著した『八丈実記』中に、『旧昔綜嶼噺話《きゅうせきいとじまばなし》』（高橋興市著）からの引用として記され、流布した。しかし近年、八丈島のコミュニティ誌『南海タイムス』が、現存する『旧昔綜嶼噺話』三冊を照合したところ、どの原本でも丹那婆が産んだのは娘と記述されていることがわかり、内容については疑問視されている。

# 第4章　トラウマとブラックホール

――『ゴルディアスの結び目』『岬にて』

## 地獄、本質的な悪の実在感

源信の『往生要集』やダンテの『神曲』には、地獄の様相が詳《つまび》らかにされています。前者は十世紀末に撰述された仏教書で、経典や論書から要文を集め、最終的に西方浄土に往生すべきことを説く著作です。後者は十四世紀にイタリアのトスカナ語で書かれた長大なキリスト教叙事詩です。地獄篇、煉獄篇、天国篇に分かれ、著者であるダンテがこの三つの世界を遍歴するという筋立て。中学生の時分に小松が『神曲』の地獄篇を耽読《たんどく》したことはすでに述べました。学会誌に寄稿した短文で、当時の所懐《しょかい》をこう回顧しています。

中学生のとき、戦争中で、「おまえのような近眼は兵隊になれない」って図書係にされて、そこで新潮社版の「世界文学全集」をかたっぱしから読んだんだね。その第一巻が『神曲』（生田長江訳）で、このイマジネーションの凄さにはかなわないと思ったわけ。天使のなかでも一番美しいルチーフェロが神と戦って、天界から真っ逆さまに地球に墜されたとき、まわりの土が穢れを恐れて逃げて地獄になり、またその土が地球の反対側でもり上がって、煉獄になったなんてね。これはもう、SFですよ。特にニュートンの引力説のはるか以前、なぜルチーフェロが「地球の中心」に止まるこ

とにしたのか、不思議でならなかった。(「幅広い文化——ワイドな学会」『イタリア学会誌』四十九巻)

これらの書物には、地獄だけでなく極楽浄土や天国、煉獄の様子も具《つぶさ》に記されていますが、多くの人々を強く引きつけて止まないのは生々しい地獄の描写です。それには読む者を倫理的な緊張に追い込んでいく力がありました。古《いにしえ》の人々は『要集』や『神曲』の説く地獄をとてもリアルに捉え、それが切迫したものであることを痛感したはずです。

しかし神の実在が認められなくなり、信仰が見失われつつある現在、これらの書物を繙《ひもと》いてみても、そこにリアリティは感じられません。地獄のみならず、本質的な悪、あるいは悪魔の存在を実感することもありません。

小松左京は『神曲』を念頭に置きながら、しかし信仰抜きで、地獄や悪魔をリアルな実在として描出する、という難題に挑みました。四つの中編から成る連作『ゴルディアスの結び目』の、表題作がその成果といえます。

## 〝知の旅〟が遭遇するもの

『日本沈没』の嵐のようなブームが過ぎ去り、落ち着きを取り戻した小松は、角川書店の新雑誌『野性時代』に中編小説を次々に発表します。

発表順に並べると、『岬にて』(一九七五年五月号)、『ゴルディアスの結び目』(一九七六年一月号)、『すぺるむ・さぴえんすの冒険』(一九七七年二月号)、『あなろぐ・らう゛』(一九七六年六月号)の四篇でした。これらは一年後の一九七七年六月に一冊の本に纏《まと》められ、『ゴルディアスの結び目』として刊行されます。四つの中編は、同一のモーティヴをそれぞれに異なるタイプの物語によって追求する連作だったのです。

連作全体の外題にもなった『ゴルディアスの結び目』〝Gordian Knot〟は、帝政ローマ時代のギリシャの歴史家、プルタルコスの『英雄伝』に記載された故事を踏まえています。

マケドニアの王子として生まれたアレクサンドロス三世(アレクサンダー大王)に纏わるもので、彼は父亡きあと即位するや、瞬く間にギリシャ統一を果たし、紀元前三三三年、アジアの入り口にあたるゴルディオンに到着。そのかみ王は二十三歳だった。彼はそこで、ゼウス神殿に奉納された荷車を目にします。その轅《ながえ》に結え付けられている紐の結び目を首尾よくほどいた者は「アジアの王」となるという言い伝えがありました。アレクサンドロスは結び目を解《ほど》こうとしますが、複雑に結ばれた紐には、緒《いとぐち》すら見当たりません。するとと王は自らの剣を抜いて、結び目を断ち切ってしまったのです。

この故事は後代の「コロンブスの卵」、つまり誰も卵を立てることができなかったところ、コロンブスが卵の尻を潰して立ててみせたという故事そっくりで、結び目の「解《と》き方」そのものに意表外の方法があることを示しています。「ほどく」という言葉に囚われた皆には、「断ち切る」という発想が浮かばなかったのです。

どうして「ゴルディアスの結び目」がタイトルに採用されたのか。「結び目」は何を象徴しているのか。

画家・生頼範義は多くの小松作品の装画を描いた。小松はとくに本作の装画に感銘を受け、「とうとう原画をおねだりして頂戴し、書斎に飾って」いたという(角川文庫)

一つには、人間の心に生じた固く凝結した部分、心の闇というべき、記憶も、意思も、判断も、情動や感性すら固結してしまったその結ぼれを指すと思われます。表題作ではこれが宇宙の結ぼれ、宇宙に実在する超重力の天体、ブラックホールに通じている、という構図が示されます。

しかし、連作のタイトルとしての「ゴルディアスの結び目」は、もう少し大きなものを暗示しているのかもしれません。むしろこちらは「解き方」の鮮烈さに注目した表題ではないか。

小松は、初版に付された「あとがき」の冒頭でこう記しています。

加速度的に量と精度をあげて行く物質、生命、人類、地球、宇宙についての、今日的情報は、私にとって、たえまなく「新生」へとうまれ変りつづける事をつげるメッセージの大シンフォニーのようなものだ。——もし、「旅」が、時空間移動プラス「新しい情報との遭遇」を意味するなら、私たちは今、めくるめくばかりの壮大で高速の旅へのり出した事になる。

私自身は、無数の科学者や専門家たちによって運航されているこの「探索船」の展望ラウンジに、小さな乗船券をにぎりしめて腰をおろし、行く手につぎつぎにあらわれてくる、不思議なものの形に、あれこれ眼をうばわれ胸をおどらせている乗客にすぎないのだが、運航には何の役も立たない乗客にも、こう問いかける事はできる。

――この「旅」の行きつく果てはどこだろう？　この「旅」の宇宙全体にとっての「意義」は何だろう？　なぜ私たちは、こう言った「旅」をはじめてしまったのだろう？――そして、この「旅」を通じて、つぎつぎに出あうものに、自分は、なぜこれほど「感動」するのだろう？　人間の「感動」とは、そもそも、この宇宙にとって何なのだろう？（「初版あとがき」『ゴルディアスの結び目』所収、ハルキ文庫）

ここに列記されている「問い」は、いずれも簡単には解き得ない難問ばかりです。永遠に解くことはできないかもしれない問い……。「探索船」とは自然科学を主とするサイエンスの隠喩《メタファー》でしょう。

しかし、「探索船」に乗って、絶え間なく「新しい情報」に遭遇し、世界に関する認識を新たにしていけば、やがて思いもよらなかった「解き方」がみえてくるかもしれない。もちろんその解法は、アレクサンドロスやコロンブスの挿話にみえるものほど単純ではないでしょうが……。そういえば、この二人とも「旅」に明け暮れる生涯を送りました。

小松は、この中編小説集を「もっとも個人的な旅」の「備忘録」だともいっています。それはどんな「旅」だったのでしょうか。その「旅」からどんな奇想を得たのでしょうか。「メモが『フィクション』の形をとる事を奇とする人もあろうが、どんな形をとろうと、メモはメモであり、純粋に私的なものである事は変りはない」。

そして、彼は「四篇の連作は、それぞれ『出発』『渦』『難破』『孤島』に関する、ほんの一行ずつのメモである」と結んでいます。「出発」を出航と解するならばどれも航海に関連するメタファーであることがわかります。

## 「出発」――知覚の扉を開けて

例えば「出発」に関する小さなメモランダムとされる第一篇『岬にて』に描かれてあるのは、遥か宇宙を臨みながら、精神や知覚の「開け」によって、それに溶け込み、一つになろうとする人々の物語です。

この作品はニューエイジ色の強い、独立した奇譚《きたん》として読むことも可能ですが、連作においてはまさに出立に当たる中編です。舞台となっている島は、宇宙を観測するための天文台、地球という舟の舳先《へさき》に喩えられています。

小松に「めくるめくばかりの壮大で高速の旅」に出ている探索船の乗客であるという自覚が芽生えたのは、実際の「旅」の影響によるものでした。『日本沈没』で時代の寵児《ちょうじ》となった小松に、テレビの海外ルポの仕事が舞い込むようになります。「おかげで一九七四年から数年間はいろいろ珍しい場所に出かけている。アイスランド、南極、フォークランド諸島、クレタ島、サントリーニ島、マヤ遺跡、イースター島、マルタ島、ストーンヘンジ……」(『SF魂』)。

このうち南極を訪れた帰路、フォークランド諸島に寄ったときに『岬にて』の構想が湧いてきたといいます。

「人文の極度に稀薄な、『大陸移動のおとしもの』のようなこの島の岬《みさき》の向うにも、恒信《こうしん》風《ふう》の彼方《かなた》に『宇宙』がのぞいていた。――私の背後には、長年月にわたってつみかさねられた『知識』の集積である『文明』があり、私の眼前、頭上には、広漠《こうばく》たる宇宙空間があった」「私はこの『旅』について手さぐりでもいいから書きはじめてみよう、と決心した。『旅』はすでにはじまっていたのだが、それについて書きはじめる事によって、本当の意味での『出発』がなされるような気がしたのである」(「初版あとがき」『ゴルディアスの結び目』所収、ハルキ文庫)

このようにして印象的な第一話、「出発」についての小説が書かれます。それはSF的な趣向や筋の展開を抑えた、蕭寥《しょうりょう》たる気配漂う奇妙な物語でした。

年間平均気温が九度で、一年中強い西風が吹くシャドウ群島。そのはずれのコープス島の小さな家が主な舞台です。

家主は、水彩画を描きながら生計を立てている六十代半ばの「私」夫妻。そこにアントン・ルネ神父、ヴェトナム人の僧侶のグエン・クワン師が集っては、生化学の研究者だったテッド・チャンの調合する大麻《ハシシ》や阿片を吸い、幻覚に耽るのを常としていました。トリップしながら、中国の琴《きん》や箏《そう》、瑟《しつ》などの演奏を収めた録音テープに耳を傾けることもあります。数ページにわたって、弾かれた弦の発する音が、次々と視覚的なイメージを喚起していく様が描かれていますが、この描写がこよなく美しい……。

低音部の弾弦が、まるで残響をかぶせながら雪でおおわれた遠景のぼかしをいれる。中音部の一本一本、はね上るような強いひびきで、前景の枯葦《かれあし》を描いて行く。そのむこうに高音部のアルペジオが、しらじらと凍った、白銀のような池氷を現出させる。――私は、中音部の枯葦の描き方に魅せられた。雄渾《ゆうこん》な筆力で、ぐい、ぐい、と大胆に描いて行く。まるで天才画家の墨絵を見ているようだ。墨のかすれやにじみまで、ありありと見える。……濃淡をつけて、節の所から葉がさっ、さっと描かれる。……ああ、あの枯葦は中途で折れている。

枯葦は描き出されるにつれて、冷たい風に蕭々《しょうしょう》とゆれる。——一陣の烈風が、葦全体をざっと鳴らして吹きわたったあと、風がはたとやみ、静寂が訪れた。

と——いつの間にか、池の傍に一本の枯木が天につきささり、その枝に一羽の鴉《からす》がいた。……高音部の単弦で、鴉が羽づくろいしているところがあらわされる。……羽音がして、もう一羽がどこからともなくとんで来て、別の枝にとまる。……一羽がふと羽づくろいをやめると、突然ばたばたと池の氷の上にとびおりた。氷の上で、するりとすべる。つづいて一羽がとびおり、するっ、とすべる……。(『岬にて』、前掲書)

水墨画の名人によって冬の枯れた葦原が描写されていくイメージ……。凍てついた池の上を鴉たちが滑って遊ぶ構図の興趣……。音を聞くことが次々と景色を観ずることに変換されていく様子が流麗に描き出されています。

そんな時の流れが緩慢で、すべてが徐々に石化しつつあるかにみえるこの島を、一人の日本人が訪れます。巡航船で渡ってきた中田という旅の男、二度目の来島だという。小柄で童顔のせいか、中田は皆から「青年《ヤングマン》」と呼ばれますが、齢はもう三十四、五になっています。「私」と一人称で出来事を語る主人公は、十五年前、カリブ海のとある小国のジャングルで頭を強打され倒れていたところを発見されました。それ以前の記憶をすべて失った彼はやがてコープス島に辿り着き、自分の過去に関心を持たずに、淡然《たんぜん》と静穏《せいおん》に暮らしてきたのです。然《しか》るに中田「青年」はジャーナリストで、主人公の過去について何かを知り、強い関心を抱いているらしい……。

### 宇宙に〝開かれた〟岬

主人公は中田を連れ立って岬の岩に向かいますが、その間《かん》にも、「国際的な事件小説」を書きたいという、このもの書きの「青年」に根掘り葉掘り事情を訊かれます。岬に着いて、岩に腰掛けた主人公、「私」は次のように話します。

「地球上には、いくつか、こういった宇宙にむかってつき出した岬がある……」私はパイプをふかしながらつづけた。「そういう所では、この地球をふくめて、宇宙がよく見える……。広大な宇宙と、億万の星と、星雲と……そしてその暗黒の中を、燃えさかる太陽とともに、エーテルの風を切ってまわりながら進んで行く、地球という船が……」

「あなたたちはみんなクレイジィだ……」青年は草をかみながら言った。「阿片やハシッシュの中毒で――頭がおかしくなっている……」（『岬にて』、前掲書）

中田は名状し難い焦燥に駆られ、失った過去について「私」を責めます。主人公はかつて日本で「一種の大物だった高橋」という人物であり、そして「奥さんを殺したかも知れない」と。

しかし「私」は、そんなお話には「興味ないね」とにべもなく撥《は》ね付ける。そして「私たちは年をとりに、この島へ来た。あのごたごたした文明の中では、人間は〝老人〟にさえなれん……」と続けるのです。

「年をとると宇宙が問題になりますか？」

「近代物理学で言っている宇宙ではないよ。――宇宙のイメージだ……物理学は、イメージをつくる手段の一つにすぎん……。問題になるのは、その中に自分が含まれ、自分の中を貫いて流れて行くことを感じさせる宇宙だ……。人間が、ずっと古代から、……まだ文明もきずきあげぬころから、野獣や鳥たちと一緒に感じていた、あの宇宙だ……。生れ、生き、人生をきずいた上で、さらにその先に年をとって死んで行くには、宇宙の一番よく見える所で、毎日それを眺《なが》め、呼吸しなくてはならん。幸福な死に方というものは、突然死ぬことではなくて、次第次第に、地上の存在を消して行き、透明になって宇宙の中へ消えて行くことだ……」(『岬にて』、前掲書)

彼らはここでドラッグを使いながら瞑想し、精神の強張《こわば》りを解き、宇宙に開かれ、自己の実在性を消していく。やがて実存は宇宙と和解する……。

この島はいわば幽明の境、幽界と顕界《けんかい》とが重なり合う領域なのです。そこでは、死んだはずの者が生きていたり、生きているはずの人間が死んでいたり、登場人物の、それぞれの時間感覚がズレたりする。そういう現象が何気なく、自然に起こっている……。

私はこの『岬にて』をはじめて読んだとき、唐突ですが森敦[*1]の代表作、一九七四年に芥川賞を受賞した『月山』を彷彿しました。この二作品の間《あいだ》には、ほぼ同時期に書かれたという以外に外形的な共通点はありません。成立の経緯を探っても、何の関連性も認められず、まして影響関係などあり得るはずもない。畑をまったく異にする両作品ですが、しかし世界の果てのような、外界から遠ざけられたところに生と死が重なる地があり、そこを舞台とするという点で似通っています。森敦は『月山』の十年後、広義のSFに属するといっても過言ではない、もう一つの代表作『意味の変容』をものします。この作品は、世界の境界線（幽明の境）をめぐる思弁小説ですが、その論理性はすでに『月山』において萌芽しています。

「結び目」四部作を旅に見立てたとき、この島の岬での小さな出来事を起程として連作が始まり、やがて大きな「渦」に巻き込まれます。物語を読み進める私達は、第二作『ゴルディアスの結び目』では、主人公とともに地獄を巡り、悪魔や魔王と出会うことになります。

### 「渦」――その球体は何なのか？

――かつて、それは「部屋」だった。

間口五メートルに奥行き七メートル、高さ四メートル、特殊合金製の鉄筋を入れた特別製のPSコンクリートの柱で四隅をささえられ、壁面も、天井も、床も、内装をのぞいて、厚さ四インチの鉄板、PSコンクリートのパネル、さらにその外をぶあつい鉄骨入りのベトンでかため、それ自体頑丈《がんじょう》きわまりない、「箱」のようなものだった。

いま、それは、直径二十五センチ弱の、表面にわずかに凹凸《おうとつ》のあるボールになっている。（『ゴルディアスの結び目』、前掲書）

魅惑的な書き出し、実に印象的な劈頭《へきとう》の一節です。小松左京は導入が巧《うま》い。『果しなき流れの果に』の、獲物の肉を食らうティラノザウルスを異音で苛立たせたのが「金色の電話器」だった、という衝撃的なプロローグはすでに紹介しました（第2章）。あるいは『日本沈没』の冒頭にみえる、主人公、小野寺俊夫の目が東京駅の壁面に走る細い亀裂に釘付けになるシーンも読者の不安を呼び覚まします。

表題作『ゴルディアスの結び目』の冒頭も読み手を一気に引き込む。その関心は「かつて部屋だった」という球体の来歴に誘導され、集中していきます。ボールは「にぶい光沢」を放ち、「その表面には、血管のように細い線」が這《は》い回っています。「かつて、『部屋』の構造の一部だったL型鋼やI型鋼の一部である。よく見れば、毛筋ほどになった鉄筋も見わけられる」。
その球は、アフドゥーム病院という精神病患者を収容する施設の一室でした。その部屋が圧潰《あっかい》したとき、容積が「数秒間で百分の一ほどに」収縮し、二十四時間後には「直径五十センチの球状」となりました。以降、球体は一日に付き、およそ二、三パーセントの割合で収縮しており、現在では「重量は約五十トン、密度にして六百九十をこえ、これは地球上に存在するもっとも高密度の元素の三十六倍以上になる」とあります。剰え圧縮はなお進行中で、内部はさらに高密度になってゆく……。

何人も、このちぢみ行く球体の内部をひらく事はできず、またその縮小をとどめる事はできない。それは、アレキサンダーの英邁《えいまい》をもってしても、たち切る事のできない〝ゴルディアスの結び目〟である。
かつてこの球体が「部屋」であった時、中に二人の人物がいた。——男と、女と……。

どうしてかくも異様な物体ができたのか。話線《ストーリーライン》は精神病院の描写からいよいよ本筋に入っていきます。

## 深層意識への潜行《ダイヴ》

それは病院というよりも要塞《ようさい》のような感じだった。

ごつごつした、岩だらけの、赤茶けた沙漠《さばく》のはずれにそびえる、荒涼たる山脈の中の、そそりたつ禿山《はげやま》の頂上にあり、灰色の高いコンクリート塀《へい》と、窓のすくない、岩の塊《かたま》りのようなごつごつした建築群からなっていた。

このおどろおどろしい外容を呈する施設を一人の精神分析医が訪れます。彼、伊藤浩司は医師というより探偵、サイコ・ディテクティヴのトップランクとして認知されています。しかし、伊藤自身は探偵《ディテクティヴ》という言葉は嫌いで、サイコ・エクスプローラーと自称しているといいます。人の心の探検家《エクスプローラー》というわけです。

この病院――アフドゥーム病院のユーイン医師は軽い異議を口にします。

「だが……サイコ・デテクティヴの方がやっぱりふさわしいような気がする――。この職業はやっぱり精神分析医（アナライザー）の特殊化したものでしょう。精神分析は、ある意味で、推理小説と大変似た構造をもっている。どちらも大変な洞察力《どうさつりょく》と推理力がいる。入りくんだ、精神の迷路にはいりこみ、むすぼれた糸をときほぐし、何度も相手にはぐらかされ、わざと嘘《うそ》をつかれ、自分でも迷い、一歩一歩、障害のもととなった心のむすぼれを追いつめて行く……」

伊藤は「サイコ・リゾナンシャル・コンバーター」なる特殊な機器を用いて、自分の意識を患者の心中に送り込み、精神疾患などの原因を特定する仕事をしています。患者の内面世界に分け入り、深層意識にまで潜り込んで、治癒へと導く手掛かりをみつけるのです。こういう架空の技術や治療法は、近年ではハリウッド映画でも主要な設定として取り入れられるところとなりました。例えばターセム・シン監督、ジェニファー・ロペス主演の『ザ・セル』（二〇〇〇年）には、連続殺人犯の異様な内面宇宙に「潜入」する分析医が登場します。けれども、こういう架空の技法は、『ゴルディアスの結び目』が書かれた頃にはほとんど知られていませんでした。

最近ではサイコ・ダイヴ、心理潜行という用語も考案され、一部で流通しているようです。ダイヴといえば、伊藤がユーイン医師に、こんな愚痴をこぼしています。

「あなた、アクアラングをつけて、ビルのトイレの浄化槽《じょうかそう》につまった排水口をなおしにもぐった事がありますか？　私だってないけど、似たようなものじゃないかって気がします……。汚《きたな》い仕事です」

他人の心に入り込むというのは、肥溜めに飛び込むのと同等の汚れ仕事というのです。確かに彼の仕事は、従来は聖域だった他人の脳の「中身」に乱暴に手を突っ込み、まさぐるような側面があるため、諜報機関など政府機関に利用されたり、エクソシズム（悪魔祓い）紛《まが》いのことをやらされたり、決してクリーンとは言い難いものがありました。

アフドゥーム病院に収容された〝患者〟、マリア・Kに対して、伊藤が試みようとしている施術は、後者に近いものでした。

## 〝悪魔憑き〟の部屋

伊藤が逗留している部屋の周囲では、人影もないのに気味の悪い笑い声が聞こえたり、地震のような謎の震動が感じられたりします。この辺りの描写はとても不気味で、この小説がホラーのかたちを借りたものであることがわかります。

震動が、ふいにやむと、そのとたんに頭上の、ずっと上階の方角で、おそろしい咆《ほう》哮《こう》が聞えた。――象《ぞう》ほどもありそうな、ライオンかゴリラが、地震におどろかされて、のど一杯にわめいているような唸《うな》り声と咆哮が……そして、それにともなって、重い鎖《くさり》をじゃらじゃらひきずるような音と、ずしぃん！……ずしぃん！……という、この頑丈づくりの建物全体にひびくような足音が、天井の、ずっとずっと上の方を歩きまわった。

その震動や異音の源が、問題の患者、マリア・Kでした。アフドゥームの院長、クビチェック博士によって彼女をはじめて紹介されたときの描写です。

「患者です……」と院長は手まねきした。「マリア・K――十八歳です……」

伊藤は院長とならんで少女の顔をのぞきこんだ。美しい卵型の顔、鉛色にしずんでいるがなめらかな皮膚、細く通った鼻筋、色あせた愛らしい唇、やさしい弧を描くようにくそろった眉《まゆ》、長くつややかな黒髪……まったく完璧《かんぺき》と言っていい美しさだ。死人のような顔色さえなければ、彼の動悸《どうき》ははやまっただろう。少女はあつさ一センチの鉄の帯四本でがっちり寝台にしばりつけられたまま、呼吸もしていないように見えた。

「伊藤さん……」寝台の向うに立ったユーイン医師が、かすれた声をかけた。「〃探索〃用のベッドは、こちらにあります。――ですが、もし、危険だと思ったら、隣室からでもできない事はありません。テレメーター装置はそなえつけてありますから……。もっとも、誤差がはげしくなる時がありますが……」

美少女の屍《しかばね》のような患者。しかしその体は鉄のベルトでベッドに繋縛《けいばく》され、具《つぶさ》にみれば容姿にはあってはならないものがありました。彼女の「門歯の両脇《りょうわき》」には「長さ三センチほどにのびた鋭い牙《きば》」が生えており、前頭部には「固い、小さな円錐形《えんすいけい》の突起」が二か所ありました。つまり二本の角が突き出し、三本目が生え掛かっていました。いよいよ患者は〃悪魔憑き〃以外の何者でもないように思えます。一体、このうら若き女性に何が起こったのか。

「八か月前……」クビチェック院長は、ちょっと咳払《せきばら》いした。「彼女はサンベルナルディーノ郊外の山中で、四歳年上の恋人をかみ殺しました。——どうしようもないやくざで、上流階級の女性をひっかけては、金をまきあげていた男ですが……彼女は、申し分ない恵まれた家庭で育ち、上流階級の子女だけが行く、上品な私立学校へ行っていました。カレッジへはいったばかりですが……」

「その日の午後、家を出る時は、ふつうの少女でした……」

しかしマリア・Kが岩山の麓で発見されたときには、彼女は「男ののど笛を食い切り、心臓をひきずり出して食べていた」というのです。そして、この病院に収容された後も、ベッドを「しばられたまま持ち上げ」、「岩や石を降らせたり」するという。また伊藤が感じた「地震」も彼女が起こした可能性があることを示唆します。

この説明で彼女に憑いた「悪魔」の精神分析的な正体が示されています。トラウマです。つまり冷酷な「色悪」に手酷く裏切られたことで負った心的外傷がマリアのさまざまな〝症状〟を引き起こしていたというわけです。しかし、角や牙が生じるような肉体変容や、何もない空間に岩や石が現われるという物理的現象までそれで説明できるのか……。

多種多様な症例に対処してきた伊藤もこれには躊躇《ちゅうちょ》します。「そうなると、私などより、エクソシズムの方が……」と尻込みする伊藤に、院長は、エクソシストはすでに三人呼んだが二人が死亡し、一人は「発狂」したと告げます。そしてクビチェックは、この治療には「パラサイエンス協会」が資金を提供していることを明かします。この協会の実体は「ローゼンクロイツ財団」なる組織であり、財団が資金源であることも。

「これは、この病院をふくめて協会の、長期にわたるプロジェクトの一部なのです。そしてRK財団は、すでにこのプロジェクトに、十数年にわたって何億ドルもつぎこんでいます……」

プロジェクト全体の目的は何なのか。彼女の治癒が目的ではなく、別の企図が背後に隠されているのではないか。そもそもローゼンクロイツ財団とは一体いかなる団体なのか。

疑問が次々と湧いてきます。「ローゼンクロイツ」という財団名も怪しげで、直ちに近世の神秘主義的秘密結社、薔薇十字団《ローゼンクロイツァー》*2を連想させます。

さらに後に明らかになることですが、院長のクビチェックは精神科医ではなく、「精神物理学」を専門とする科学者でした。実は、院長はマリアの治療にはあまり興味がなく、それどころか完治してもらっては困る立場だったのです。では一体何を目的として、彼女を研究しているのか……。

## エクソシストと量子重力理論

結局、伊藤はマリア・Kの心に入っていくことを承諾します。彼は専用のコネクター・ヘルメットを被って、マリアの傍《かたわ》らに身を横たえます。マリアの頭にも同じようなヘルメットが取り付けられます。機器を介したこのヘルメットによって二人の意識は接続されます。

〝ダイヴ〟してみると、最初、マリアの心は荒涼たる「森」の様相を呈していました。しかし、その静けさは偽装に過ぎず、その「森」とは地上を覆う、巨大な顔の睫毛《まつげ》でした。その間《あいだ》から巨大な瞳が伊藤を「面白そうに、嘲笑《あざわら》うように」見つめているのでした。

ここでアラームが鳴り、伊藤はマリアの内面世界から現実界に引き戻されます。部屋で非常事態が起こっていたのです。マリアが鉄の寝台ごと上体を持ち上げ、いましも彼に襲い掛かろうとしているようでした。その形相は眠っていたときとは一変し、顔にはどす黒い赤みがさし、皮膚一面に短い、やや縮れた剛毛が生えています。頭髪は伸びて、二メートル以上にもなり、うっすらと開かれた目の奥には、ぎらぎらと光る瞳がのぞいていました。その顔貌全体を喩えるなら、一匹の野獣でした。

この一連の描写は「悪魔祓い」もの、「エクソシスト」もののホラーに酷似しています。けれども『ゴルディアスの結び目』は、ホラーとはまったく異なる展開を遂げます。マリアの受けた心の傷は本当に酷いもので、残虐な色悪は、彼女を麻薬漬けにしたうえ、売春を強いていました。また仲間にレイプをさせたりしました。こうしてマリアの心は、トラウマによって固く結ぼれ、その果てに、彼女の心にもともと存在しなかった外部の力を呼び込んでしまいます。伊藤とクビチェック院長はマリアに「憑いているもの」についてこんな議論を交わします。

「ところで、伊藤君……君にきくが〝憑《つ》きもの〟ってなんだ?」

「一般には、ヒステリーその他、異常な心理状態の産物と言われていますね」

「そう、そのケースがほとんどだろうな。——だが、この場合は何だ?」

マリア・Kの「憑きもの」も、心霊現象としてよく挙げられるポルターガイスト現象(物体移動、騒音、発火、発光など物理的な力を発現させる心霊現象)の一つと認めた上で、院長は「問題は……あのエネルギーは、どこから、どうやってくるんだ?」と続けます。

「彼女は、〝憑きもの〟を……つまり超常現象を、精密な科学観測の場へもたらしてくれる媒体《メディウム》だ。〝フランクリンの凧《たこ》〟[*3]だ。あの物理計測的密室の中へ、あの〝憑きもの〟が彼女を通じて、やってくると、あきらかに、ある種のエネルギーと質量が——言うまでもなくこの二つは、同じものだが——滲透《しんとう》してくる。エネルギー分布は、それが、もっと巨大で強力な〝エネルギーの場〟が背後に存在する事を暗示している。だが、どうしてもわからんのは、その巨大なエネルギーは、どこから、どこを通って、どうやって、あの密室内に出入りしているかだ……」

そういって院長は、数理物理学者、ホイーラー[*4]の〝超空間モデル〟を持ち出します。

「彼の考えた、多次元多孔性空間を通って、別の宇宙空間から、あのエネルギーが、あの部屋に出入りしている」

院長は、マリア・Kの治癒不可能とも思われるトラウマによって固く凝結した心が、この宇宙に〃孔《ホール》〃を穿ち、それが別の宇宙との通路《パス》になってしまった。そのパスを通じてエネルギーが流入、流出しているという突飛な仮説を述べているのです。

伊藤は彼女の魂を救うべく、危険を顧みず彼女の意識の〃奥地〃へと進んでみることを望みます。そこで「〃憑きもの〃にあって、何とかマリアからはなれてくれる事を……マリアを、こちらの世界にかえしてもらう事を、たのんでみるつもりです……」。

クビチェック院長はそんな彼の意志を傲慢《ごうまん》と責めます。

「人間の心の傷、かたくむすぼれた魂を、すべてときほぐし、いやす事ができる、と思うのは……これは傲慢《ごうまん》というものじゃないかね？」とクビチェック院長はいらだたしげに口髭《くちひげ》をこすった。「君の信念は、まちがっているとは言わんが、あまりに若く、理想主義的で、楽観的だよ、伊藤……。傷や、むすぼれが、ある程度以上になると、もはや完全に癒す事も、ときほぐす事もできなくなるんだ。――ゴルディアスの結び目のように……」

「しかし……傷は、それをそっとしておけば、上に薄皮が張り、また周囲に新しい、健康な組織が形成されて行きます。傷の周辺では、特に、痛覚がにぶくなるようになると言います。もし、古傷にさわらないようにすれば……その新しく形成された補償組織で、生きて行けるでしょう……」と伊藤は言った。「ときほぐせないほど固くむすぼれたしこりも、貝が異物を真珠質でくるんで美しくなめらかなものにして行くように、組織の中に閉じこめ、表面からは見えなくなる……」

## 宇宙の本質をめぐる超神学論争

ここから伊藤とクビチェックが交わす、現代物理学の知見を交えた一種の神学的論争は極めて興味深く、この作品の一つの山場となっています。

「かさねてきくが、君は、本当に、この世に、すべてのむすぼれが解ければ、あとには淡々とした〝空《くう》〟がひろがるばかりだ、と思うか?」とクビチェック院長はきいた。

「〝闇〟は〝光〟に照らされれば、そこに何も存在しない〝無〟にかえる、と思うか?——〝悪〟は、結局、むすぼれたまま慰撫《いぶ》されぬ魂の表現でしかない、そのむすぼれさえときはなてば、〝悪〟は雲散霧消する、と思うか?」

「釈迦《しゃか》がヒンズー世界の認識をバックにして紀元前六世紀に考えた〝宇宙=世界=生命=人間観〟は、東アジア人の、この世界に関する基本的表象に、深い影響をあたえている。だが、それは一つの〝見方〟にすぎん。もう一つ、アーリア系の宗教には、ゾロアスター教からマニケイズム[*5]にいたるまで、〝光〟と〝闇〟、〝善〟と〝悪〟はそれぞれ同じものからわかれた、異る同等の〝本質〟で、それぞれが固有の存在を主張しつつ、相手をうちたおして、〝窮極の勝利〟をうちたてようと、はげしく争っている、とする二元論が根強く存在する。ユダヤ教、キリスト教、イスラム教も、一方の——〝光明〟〝善〟〝絶対神〟の予定され、運命づけられた勝利、という形で一神教の形をとりながら、なおこの二元論的宇宙観の影響下にある……」

「釈迦の考えた涅槃《ニルヴァーナ》は……この宇宙の窮極的な到達点の一つのモデルとしては有効だろう。——宇宙間のすべてのエントロピーが最大になり、すべての〝むすぼれ〟がとけるか死ぬかして、均等に拡散してしまう……ボルツマン[*6]の〝熱死〟の状態だ。すべてはいずれ、〝空〟にかえる……。生命も善悪も、喜怒哀楽も、すべて〝空〟のむすぼれの連鎖にすぎない……。実体であり本質である〝空〟を見ず、その〝むすぼれ〟の方を実在と見あやまるから、そこに死ぬ事に対する苦悩や、現世に生きる事のさまざまな煩悩《ぼんのう》が生れる……」

この釈迦の教えは一つの宇宙観より達せられる人生観だ、「人間を含め、社会、歴史、生命、地球、宇宙一切を説明する一つのモデル」だ、と院長は一定の評価を下します。しかし……。

「だが……現代科学のさぐりあてつつある宇宙論は、この〝平穏な宇宙観〟に、アンチテーゼをさし出しつつあるように見える……」

そうしてクビチェックはブラックホールに言及するのです。

「現代科学は、この宇宙の中に、本質としての闇の存在を理論的にみちびき出した。そこでは、物質――つまりエネルギーが、もはやときほぐす事のできないむすぼれを形づくってしまっている。もし、ときほぐす事ができたら、なるほどそれも〝空〟になるだろう。だが、そのむすぼれは、もはやいかなる力をもってしても、ゆるめ、ときはなってやる事はできない……。光をもって照しても、一方的にのみこまれてしまうだけで、そこに質量はありながら、光子さえ反射されてもどってくる事ができない、まさに〝本質的な闇〟だ……」

「ブラック・ホールの事ですか?」伊藤はおどろいてききかえした。「ですが……それは、短絡もいいところだ。あなたの言い方をきいていると、輻射は〝善〟で、重力は〝悪〟みたいにきこえる……」

しかし伊藤の「少女の下意識にあるはげしい情念のむすぼれが、その〝超空間の穴〟をひらく鍵《かぎ》だとでも言うんですか？」という厳しい反問にも拘《かか》わらず、院長の示した図式に沿って物語は進みます。マリアの心の解きほぐし得ない結ぼれ、永遠の闇のごとくに固結したトラウマと、宇宙のブラックホールとが単なる比喩、アナロジーを超えて、連絡していることがいよいよ露わになっていくのです。

## 歴史的怨念が凝集し、時間と空間が入れ替わる

ちなみに近年の研究では、宇宙は加速膨脹し、最終的には熱（的）死に向かうという説が有力になっています。もしこの推量が正しいならば、クビチェックの想定に反し、「すべてはいずれ〝空〟にかえる」という仏教的な「平穏な宇宙観」に軍配が上がりそうです。閑話休題。伊藤は二度目の〝ダイヴ〟を試みます。彼女の内面の奥へ奥へと分け入っていきます。しばらく進むと「毒のある瘴気《しょうき》を吐く黒い沼」に辿り着く。そこに架かる巨大なねじ曲がった橋を渡ると、その向こう側にある黒い森はもはや「マリアの心の中の世界」ですらないものでした。

黒い森の中に足をふみ入れると、闇《やみ》のそこここに、ありとあらゆる、怨念、呪詛《じゅそ》、

> 嫉妬《しっと》、憎悪《ぞうお》の雰囲気《ふんいき》がひそみ、せまって来て、彼は息のつまりそうな悪臭をはなつ、「歴史的、集団的怨念」の世界にはいりつつある事を悟った。

伊藤は激しい憎悪を吐き付けられ、暴力すら揮《ふる》われますが、構わず奥へと進みます。そうした怨念は彼にとっては「専門の仕事から言えば、むしろなじみ深いもの」でした。しかし黒い森のはずれ、霧の原を越えたところで彼は足を止めます。その先はまさに異質の世界。さしもの伊藤も経験したことのない禁断の閉域であることは察知できました。

> さすがに彼も、その世界へ足をふみ入れるのをためらった。――そこから先は、あらゆる価値や秩序が、倒錯し、転倒している世界だった。醜怪なものが美しいとたたえられ、邪悪なものが善とされ、虚妄《きょもう》が実在となり、確実なものが不確実になり、ついには時間と空間さえが入れかわり、倒錯してしまう地点へむかって、その世界は、見、感じるだけではげしい頭痛がし、気がくるいそうになる異様さでつづいている。

このマリアの内面宇宙深奥の描写は、クビチェック院長の語っていたブラックホールの内部の様相と酷似しています。「われわれがその中で生き、見ている宇宙空間の性質や秩序がめちゃくちゃになる……。時間と空間の性質が入れかわる」。

霧の原の先は、まさに地獄と呼ぶべき場所でした。「樹木は逆さに植えられた裸の人間の恰好《かっこう》をしており、果実と見えたのは、空中にひろげられた無数の脚《あし》の爪先《つまさき》に、たわわになっている陰茎だった。――はいこむ穴は、口であったり、女陰であったりした」。

伊藤自身の感覚も急激に変化しています。正気の人間には到底耐えられない、汚らしい光景や悪臭などを、むしろ好ましく感じている自分に気付き、彼は驚きます。しかし変わってしまったのは心ばかりではありませんでした。

> 胴と脚のむきが逆になってしまっていた。腕と腹は背後にむいているのに、両脚は前へむいている。その上、さっきから自分の眼の前に何かがしきりにぶらさがってうっとうしいと思ったら、それは自分の睾丸《こうがん》と男性だった。彼の顔は、脚のつけ根、睾丸の下につき、臀部《でんぶ》が胸の上についている。――しかし、それを奇妙とも思わず、彼は汚ならしい花畠をつっきって行った。

空中には、進化の途上で形成された生物の激しい攻撃性を形象化したもの——巨大ザメや猛獣の顎や恐竜の口などがさまよい、「体中から火を燃え上らせた無数の〝魔女〟たち」が火の壁を作り、そしてとうとう、お馴染みの悪魔や魔神、魔物たちが姿を現わします。そのなかに人間を貪《むさぼ》り食うマリアとその彼女を犯す悪魔の姿に変わり果てたクビチェック院長がいました。この男は現実世界で毎日のように、マリア・Kをレイプしていました。情欲を満たすためではありません。彼女のトラウマが治癒し、超常現象が消失してしまうことを怖れたのです。研究対象の状態を維持するためには、マリアの心の傷口をもっと広げ、苦痛を深める〝必要〟がありました。まさに悪魔の所行です。

### 魔王の重力圏を突貫する

そして堕天使ルシファーが登場し、伊藤はその悪魔の長《おさ》をも操る〝闇《アーリマン》〟の存在を認めます。実は四年先行した『結晶星団』にも、〝ルシファーと呼ばれたこともある〟巨大で邪悪な力が現われています。そいつは、結晶状に恒星が配列する奇妙な天体の中心にある暗黒域に住していました。

本作では、堕天使よりもさらに強大な、闇の中の闇、悪の中の悪というべき邪神《アーリマン》が伊藤とマリアの前途に立ちはだかります。アーリマンとは、アンラ・マンユ（"Angra Mainyu"）とも呼称され、善悪二元論のゾロアスター教における絶対悪の具象であり、世界に闇黒《あんこく》と破壊を齎す邪神です。

「ルシファー……あんただな……」と彼はいった。「いや、わかっている……。本当は、あんたの背後にいる〝闇《アーリマン》〟……暗黒の神《アングラ・マイニュ》だ……」

彼はこの〝闇〟に向かって、マリアを「あんたの呪縛《じゅばく》からはなしてやってほしい」と頼みます。こんな地獄から救い出し、連れて帰りたい、と。だが、伊藤の懇願を〝闇〟は嘲笑します。

かえしてくれ、だと？

と、〝闇〟は言った。

そんな事は不可能だ。――お前はあのねじまがった橋をわたり、沼をこえた。あれが最後のチャンスだった。あの時、お前は、時間が永遠にとどまる〝エルゴ領域〟をこえた。さらにお前は、〝霧の原〟をこえた。あれが〝事象の地平線〟とよばれるものだ。あれをこえて、シュワルツシルド半径内にはいりこんだものは、いかなるものも……たとえ光たりとも、もとの世界へもどれない……。

エルゴ領域とはブラックホールの周囲に生じる領域で、事象の地平線（厳密には地平面）はそのエルゴ領域の内側にあり、これを超えると光を含め、いかなるものも脱出できなくなる境界を指します。シュワルツシルド半径とは、天体がこれ以下に圧縮されてしまうとブラックホールと化す限界半径のことで、事象の地平面、イヴェント・ホライゾンはここにあります。ここで〝闇〟が語ったのは、すべてブラックホールについてです（宇宙物理学的事象に言及する根源悪！）。マリアの内面にはブラックホールが生じている。そして伊藤はそれに近づき、引き返し不能の域に踏み込んでしまった、というのです。

最後に伊藤は、ここが光さえも逃れ得ない領域だというのならば、マリアとともにこのまま中心に向かって邁進するしかない、と決心します。

「そうか……。この奇妙な世界の囚人となって、二度とかえれない、とするなら……

逆に、この世界の中心部――〝特異点〟のむこう側は、どうなっているか、その方向へつきすすむよりしかたがないわけだな……」

ブラックホールの中心を突貫して、別の宇宙空間に超出すること。これがほどこうとしてもほどけぬ「ゴルディアスの結び目」を断ち切る決断でした。

そして現実世界ではこの直後、マリア・Kと伊藤浩司を内部に残したまま、この部屋は急速に圧潰してしまいました。

## 宇宙神学と〝小松思想〟

この作品によく似た着想に基づくハリウッド映画があります。タイトルはずばり『イベント・ホライゾン』、事象の地平。後に「バイオハザード」シリーズの監督として名を馳せるポール・W・S・アンダーソンの手で一九九七年に撮られました。サム・ニール、ローレンス・フィッシュバーンと手堅いキャスティングだったのですが、興行的には成功しなかったようです。だがカルト的な人気は得た。それもそのはず、これは科学的な道具立てによって、神も信仰も失われたこの時代における地獄の実在性、地獄の恐怖を表現しようとした稀有の映像作品なのです。

二十一世紀半ば、アメリカ航空宇宙軍（ＵＳＡＣ）所属の捜索救助船「ルイス＆クラーク号」が海王星近傍へと向かいます。七年前に十八名のクルーを乗せたまま消息を絶った超深宇宙探査船「イベント・ホライゾン号」が海王星軌道上に忽如、姿を現わしたというのです。しかもその巨大宇宙船からは微弱な電波が発信されていました。一体「イベント・ホライゾン号」に何が起こったのか。乗務員は生存しているのか。七年間、どこにいたのか。何故、いまになって再現したのか……。

捜索チームは「イベント・ホライゾン号」に乗り込みます。彼等はそこで、この船が宇宙の〝外〟から連れ帰ったものと遭遇することになります。

「イベント・ホライゾン号」の超光速推進システムは、重力制御エンジンでブラックホールを生成し、宇宙空間を折り曲げて、そこを貫く穴《ワームホール》を作る。その〝穴〟を通って瞬時に移動する、というものでした。

予定の目的地は、太陽系から四・二光年ほど離れた赤色矮星《せきしょくわいせい》、プロキシマ・ケンタウリでしたが、実際に彼等が〝穴〟を通って行き着いた先は地獄だったのです。「イベント・ホライゾン号」に住み着いた地獄の「闇《ザ・ダーク》」は、人々のトラウマティックな記憶、心の奥深くに封じられた恐怖の結ぼれを解き放ちます。不定形の生命体である「闇」に触れたクルーたちはたちまち正気を失い、怖ろしい声を上げて猛り狂いました。彼等は犯し合い、互いの肉や臓物を貪り食い、無残に殺し合った……。そしていま〝闇〟は「ルイス&クラーク号」の乗組員にも襲い掛かろうとします。

この映画の脚本を書いたフィリップ・アイズナーが、小松の『ゴルディアスの結び目』を読んだかどうかは確認できません。しかし、相通ずる世界観に基づきこのSFホラーの佳作のプロットが組み立てられていることは否定できない。

小松は『自伝』で宗教や神学に関して「神とか仏とかそういうのを全部、一種の止揚《アウフヘーベン》をすると、宇宙になるだろうと思う」(『自伝』)と述べています。

人間がなぜ存在するかは昔から哲学が問題にしてきたけど、そのうち知性と情念が出てきて、知性は科学に、情念は文学になっていく。だけど科学的宇宙論、それから生命科学や進化論を含めた科学的文明論。僕はそういったものがこれから全部収斂していって、新しい科学的神学になるんじゃないかという気がするんだ。だから哲学者と神学者をもう一度来世紀にかけて復活させなきゃいけない。

宇宙を物理現象として扱うんじゃなくて、何かもうちょっと大きくて高度な目的があると考えれば、宇宙は神学の対象になるだろう。地球は生命が発生して進化したけど、あのとき余計なことをしてくれたおかげで、いま僕たちが非常に悩んだり苦しんだりする。逆に僕たちが存在していることが、宇宙にとっては迷惑かもしれない。だから宇宙がなぜできたかというのは、やっぱり神学が解かなきゃいけないことなんだ。(『自伝』)

かかる問題意識から、「神とか仏」ならぬ悪魔や地獄の存在、延いては本質的悪が、宇宙論的神学においてどのように位置づけられるかを物語によって追求したのが中編『ゴルディアスの結び目』だ、といえるでしょう。

本作には、いろいろおぞましい記述や常軌を逸した描写も多数みえますが、『神曲』や『往生要集』の現代的なあり方と捉えれば得心がいきます。

ちなみに、近年のキリスト教神学には、小松の提起に答えるような動向も認められるようです。

宇宙の進化のテロス（究極の目的）を措定するピエール・ド・シャルダン[*7]の「オメガ点」仮説以降、進化論を神学的に捉え直す試みは影をひそめていました。テイヤールはカトリックの神父にして古生物学者でしたが、進化の極致、究極点《オメガ・ポイント》において、万物は「宇宙的キリスト“the cosmic christ”」と一致し、救済される、と説きました。テイヤールの進化に関する思弁は、強い目的論に貫かれているため近代科学と相容れず、汎神論的傾向から神学の世界では受け容れられ難く、結局、ユニークな宗教理念として孤立することになりました。小松も初期の論著『未来の思想』でテイヤールの限界を明記しています（次章二六九ページを参照されたい）。

しかし神学の世界では、テイヤールを超える新たな試行が始まっています。聖書学者の大貫隆によると、例えば「素粒子→原子→星雲→太陽系→地球→ＤＮＡの形成」というビッグバン後の全過程を肯定的に捉え直す、「現代の生命科学と宇宙物理学を貫く進化論的な見方」が出てきているという（『終末論の系譜――初期ユダヤ教からグノーシスまで――』筑摩書房）。大貫はこうした思潮を次のように総括しています。

進化論的には、生命の乱雑性（エントロピー）が過剰になると、生物の生存競争（淘汰）がその減少を図る。本来の文化は、その淘汰を減少させ、弱者にも生存のチャンスを保障するための進化であった。しかし、やがてその文化も過剰になると生命を抑圧するものとなる（たとえば、律法主義）。本来の宗教（聖書とイエス）は「淘汰に逆らう進化」（antiselektive Evolution）である。つまり、進化そのものが進化していくべきなのである。人間をすでに最後の段階にあるとは見ないで、むしろ何か新しいものへのプロセスの途上にあると見る進化論は、聖書の信仰全体と決して矛盾しない。（前掲書）

かかる神学の新潮流をみると、小松左京が作品のなかに埋め込んできた「思想」が意外な分野で開花しつつあるようにすら思えます。

＊1　**森敦**　一九一二～八九。日本の小説家。長崎県出身。旧制一高時代に作品を菊池寛に見出され、横光利一に師事。二十二歳で毎日新聞に「酩酊船（よいどれぶね）」を連載。その後長期にわたる放浪の旅に出る。山形県は月山のふもとの破れ寺・注連寺で冬を過ごした経験に基づいて

書かれた小説「月山」で第七十回芥川龍之介賞を受賞、四十年ぶりの文壇復帰と話題を呼んだ。

＊2 **薔薇十字団**
十七世紀初頭のドイツに起こった精神運動。架空の始祖ローゼンクロイツは十四世紀のドイツに生まれ、修道院で諸学を修めたのち錬金術と魔術を研究し、西欧キリスト教思想にアフリカの魔術的知識を加えた普遍的原理による世界の改革をめざす教団を結成したとされる。

＊3 **フランクリン**
一七〇六～九〇。アメリカの政治家、文筆家、科学者。雲の中の帯電により雷が発生するという理論を実証するため、金属スパイクを取りつけた凧を雷雨の間に飛ばし、凧糸の端の鍵まで導電したという逸話がある。

＊4 **ジョン・ホイーラー**
一九一一～二〇〇八。アメリカの物理学者。ジョンズ・ホプキンズ大学卒業。ニールス・ボーア研究所で核物理学の研究に携わる。研究生活のほとんどをプリンストン大学で過ごし、ファインマンをはじめとして一〇〇人近くの学部生・大学院生を指導した。「ブラック・ホールの名付け親」とされる。

**＊5　マニケイズム**

マニ教のこと。古代ペルシアのゾロアスター教を母胎として、マニ（二一五～二七六）によってとなえられた。最上神は光明、暗黒はその対極と位置付けられる。

**＊6　ボルツマン**

一八四四～一九〇六。オーストリアの理論物理学者。ウィーン大学に学び、学位論文では熱力学の第二法則について論じた。

**＊7　ピエール・テイヤール・ド・シャルダン**

一八八一～一九五五。フランスの古生物学者、地質学者、カトリック司祭。北京原人の発掘に参加するなど実証科学者として活動しつつ、諸科学の総合による統一的世界観をもとめた。主著『現象としての人間』においては、古生物学的見地から化石生物の系譜を跡づけることによって、進化という現象を地球形成・生物形成を経て精神形成へと向かう過程ととらえ、科学と信仰の調和をはかった。彼のいう「オメガ点」とは、進化における複雑性の増大に伴う統一化と集中の先端たる人間意識の目指す収斂の極点であり、ここにキリストが位置する。彼の説は生前は教会から異端視され、講義や出版を禁じられたが、死後に発表された多数の遺稿が科学・哲学・神学の各界に論議を巻き起こし、思想界に影響を与えた。

# 第5章

# 虚《イマジナリー》と実《リアル》の通路

——『虚無回廊』『結晶星団』『雨と、風と、夕映えの彼方へ』

## 小松ＳＦの「未完の集大成」

ハードＳＦという、ＳＦのサブジャンルを示す用語があります。一般には「科学的に厳密であることを最大の特色とするＳＦ」くらいの意味に受け取られています。では小松左京のＳＦはハードＳＦに入るのでしょうか。これには大きな疑義があります。例えば、ＳＦ作家の堀晃はこう断じています。

「ハードＳＦとは科学を文学にしたＳＦ」と考えると、小松ＳＦとはベクトルが正反対であることがわかる。（堀晃「小松原理の宇宙」『文藝別冊／追悼小松左京』所収）

この、いわゆるハードＳＦと小松ＳＦとの方向性の違いについての指摘はとても重要です。両者が対蹠的《たいせきてき》であることは、小松が初期の頃から晩年にいたるまで、「文学は科学さえも相対化する」という趣旨の発言を繰り返していることからも明白と思われます。

星空の美しさと同時に、近代宇宙論の展開して見せる不思議な宇宙像に対する理解を、電子顕微鏡下のミクロの世界の超現実的な美しさと同時に、生化学に対する知識を、生産の発展のマンモス化に対する驚異と同時に、それを組織する電子計算器のちっぽけな演算素子の働きに対する常識的理解をもたないものに、いったいどうやって、この新らしい世界像について語れるでしょうか？（『拝啓イワン・エフレーモフ様』）

このような状況論、現状批判から出発して、やがて反転し、科学のなかに勝義《しょうぎ》の文学性を見出し、科学自体を相対化してみせる……。小松が文学と科学に、またその二者の間の相関性、共通性に注ぐ視点には、常にそうした傾向が看《み》て取れます。

彼は「科学と虚構」という一九九一年の論考のなかで次のようにも述べています（『ユートピアの終焉』所収、ＤＨＣ）。

先端物理学の領域で、宇宙の天体の運動や、極低温の背景輻射から、物理学者たちは、宇宙時間を逆行させ、始原状態にまでさかのぼり、「極端な状態」を考え、そこから「物理法則の恒常性」をたよりに――これも「特異点」を除外しても、完全な保証はないという意見もあるが――何通りもの「可能な宇宙史過程」のモデルやストーリイを考え、どれが一番既知の法則との関係で整合性と総合性があるかをしらべている。物理法則と数学という堅固な「方法」をベースにしていると「ちがい」を強調するかも知れないが、そこでやろうとしているのは、宇宙史という「歴史」の再構成であり、人文史と素材はちがうが、元来は「文学」の領域にあった「歴史」をとりあつかっているのは否めないだろう。

もう一つこの二つの領域において、特に「文芸」「創作」との間で共通していると思われるのは、「イメージ喚起能力」や「イマジネーション」である。――科学者や数学者がその思考過程のある段階において、イメージやイマジネーションを使わないということは、まずあり得ない。「仮定」や「類推」は前提段階においてしょっちゅう出てくるし、ハイゼンベルグ[*1]は「この世に存在しない」ガンマ線顕微鏡を「仮構」して「思考実験《ゲデンケン・エクスペリメント》[*2]」をやり、不確定性原理という量子力学の基礎の一つを導き出した。目標や道具や手つづきはちがっても、思考過程一般において、イメージやイマジネーションがまったく使われないということは――特にそれが、未知、未踏の領域にむかう創造的思考の場合には――人間の意識の本質からいって、あり得ないことである。（「第2部Ⅱ　科学と虚構」、『ユートピアの終焉』所収）

この視点はすでに『果しなき流れの果に』に登場しています。第2章で引用した大泉教授の発言です（七一ページ）。そこで彼は、物理学が検証可能性の枠から抜け出して、「モデル形成の時代」に入っていることを示唆し、学問全体が「魔法の体系」、つまり虚《イマジナリー》の領域に食い込んできていると述べています。

かかる認識を前提として、小松の本格ＳＦは構築されているのです。彼の本格ＳＦ、〝宇宙構造探究系〟のＳＦは『果しなき流れの果に』（一九六六年）に始まり、『神への長い道』（一九六七年）、『袋小路』（一九七〇年）、『ＢＳ６００５に何が起こったか』（一九七一年）、『結晶星団』（一九七二年）、『ゴルディアスの結び目』（一九七六年）、『劇場』（一九七九年）、『雨と、風と、夕映えの彼方へ』（一九八〇年）、『氷の下の暗い顔』（一九八〇年）などが連なります。

最終章では、未完結ながらイマジネーションを極限近くまで伸張させ、壮大な宇宙進化史を仮構してみせた集大成的な作品『虚無回廊』の世界を概観し、考説します。

## 二度の中断と〝途絶〟

『虚無回廊』は、一九八六年から二〇〇〇年まで、足掛け十五年の歳月を費やして書き継がれます。その途中で執筆が二度中断しています。一度目は一九九〇年の大阪「国際花と緑の博覧会」（花博）の総合プロデューサーの一人となったとき。二度目は、連載媒体だった月刊誌『ＳＦアドベンチャー』の季刊化と路線変更に伴うものでした。小松は執筆の再開に向け努力を続けましたが、一九九五年一月十七日、阪神淡路大震災が起こります。

阪神間という、僕にとって最もなじみ深い地域を襲った大災害だ。『日本沈没』の著者として、何もしないわけにはいかない。（『ＳＦ魂』）

震災を小松なりに記録し、分析する連載を終えると、小松は極度の疲労感に苛《さいな》まれます。単行本未収録分を収めた『虚無回廊』（Ⅲ）が二〇〇〇年六月に刊行されましたが、結局、『虚無回廊』の最終行に「完」の文字は付されないまま、小松は鬼籍に入ってしまいました。

## 『虚無回廊』の物語の流れ

では、『虚無回廊』の物語のあらましを押さえておきましょう。

あるとき、地球から五・八光年弱離れた宇宙空間に、突如として長さ二光年、直径一・二光年という驚異的なスケールの円筒形の物体が出現する。〝ＳＳ〟（Super Structure）と命名されたその物体は少しずつ場所を変えながら、出現と消滅を繰り返します。〝ＳＳ〟から有意信号らしきものが発信されていることがわかると、科学者たちは、探査機を送り込む計画を推し進めます。

もし、〝ＳＳ〟に異星の知的生命体が存在するのなら、彼らとコミュニケーションするために、どうあってもその探査機に人間が乗り込まねばなりません。しかし、この恒星間航行には、七十年もかかってしまう。そこで白羽の矢が立ったのが、若きＡＩ＝人工知能（Artificial Intelligence）開発者の遠藤秀夫でした。

遠藤は三歳年上の共同研究者で、彼の妻となるアンジェラ・インゲボルグとともに、ＡＩを超える〝ＡＥ＝人工実存〟（Artificial Existence）の開発に取り組みます。人工実存とは、人間の道具ではない、魂をもったコンピューターです。遠藤はＡＥを次のようなものと想定しています。

「いくらでもでかくなり、性能はよくなっても、〝人工知能〟はついに人間の道具でしかない。これからは〝人工実存〟をターゲットにしなきゃならないんだ。〝ＡＩ〟から〝ＡＥ〟へだ……」

「そうね……」アンジェラはちょっととまどいながらいった。「それはすばらしいアイデアだわ。コンピューターの中に、心をうみ出すのね！」

「心じゃない。魂だ！……自分の存在を自覚し、自分のあたえられた条件を知って、自分も、この宇宙の中における使命を自覚し、それへむかうもの……〝人工実存〟のハードウエアが、もし、自己修復、自己改良、自己複製のシステムを持って、しかも、その〝魂〟までトランスファーできるようになったら……人間の知性と魂は、ついにこの自然からあたえられた有限の容器から解放されて、〝永生〟を獲得する事になるんだ……」（「序章 死を越える旅」『虚無回廊』（Ⅰ）、ハルキ文庫）

遠藤にとって、そしておそらく小松にとって、心と、魂あるいは実存の違いは、自己の存在理由の自覚の有無であり、言い換えるならば、高次の目的意識、「宇宙の中における使命」感の有無にあることが読み取れます。

十年の歳月をかけ、遠藤が開発したＡＥは、彼のイニシャルに因んで「ＨＥ」と名付けられました。一機目のHE1は地震で損壊、二機目のHE2が〝SS〟に向けて進発します。他方でHEという名称は、二重《ダブル・ミーニング》の意味を帯びているようで、小松はハイパー・イグジステンス（Hyper Existence）、超実存の略だとも語っています。「超実存は有限なる実存、有限なる生命的実存を超えて宇宙と一体になるとかね」（『自伝』）。

HE2は、宇宙探査船の主体として長い旅路につく。しかしおよそ三十五年後、〝SS〟の近くまで達したところで、EEトランスファー・システム（疑似体験システム）で繋がっていた遠藤の突然の死を、「五年と八ヵ月二十六日十四時間余り」の時間差で知ります。そしてHE2は、自由意思により「義務遂行契約の破棄」を宣告、一切の通信機能を備えた「SCユニット」を切り離し、地球との交信を絶ちます。爾後《じご》はHE2は、自己の内部に（厳密には、附属しているバックアップAI群のなかに）六体のVP（仮想人格“Virtual Personality”）を形成し、相互にコミュニケートしながら、〝SS〟の探査を続けます。

その〝SS〟には、他の星系から送り出された人工知性体〝タリア6〟や、地球人と似たような姿をしているものの、頭頂部にうすい緑色の眼球を持ち、一億年近くも生きているという「老人」をはじめ、多様多彩な知性体が集まっており、抗争や共生を繰り広げています。いったい、何者が、どんな目的で〝SS〟を創造し、その内部に宇宙の知性を誘導したのか……。

　やがて、誘蛾灯に引き寄せられるように宇宙全体から〝ＳＳ〟に集まったさまざまな知性体の代表者たちにより、〝ＳＳ〟について今まで知りえた情報、知識を共有するための〝会議〟が開かれます。ＨＥ２とＶＰたちも「ソル３＝地球代表」として招かれることになりました。そこでの、約千年前に〝ＳＳ〟に到着し、調査を進めてきたン・マ族の代表のスピーチは驚倒《きょうとう》すべきものでした。それは〝ＳＳ〟の本質とは何かを説明するものだった。その演説を、ＨＥ２は次のように心の中で総括します。

> 「無」を媒介項として「虚宇宙」と「実宇宙」をつなぎ、しかもそのつなぐルートは「回」でも「廊」でも、どちらでも「位相的に等価」であるような存在、
> 「虚無回廊！」
> 　これこそ、ＳＳの本質であり、「虚宇宙」と「実宇宙」を、同じ「宇宙の実体」としてふくむ「複素宇宙」は、いま新しいメディアを得たのだ！（「第四章　森林」『虚無回廊』（Ⅲ）、ハルキ文庫）

私達の属している「実宇宙」とは別に、「宇宙構造のごみ捨て場」のようなところから始まり、独自の進化を遂げた「虚宇宙」が存在し、〝SS〟はその二つの宇宙が〝交通〟するための「通路」のような構造体なのではないか……。物語は、この仮説が明示されたところで終わっています。

道具立ては、その十全な理解に予備的な知識や思考を要するものも多い。現代宇宙論から虚数《イマジナリー・ナンバー》や複素数《コンプレックス・ナンバー》の哲学的含意まで、一定の理解が前提になっています。

しかし、少なくとも書かれた部分までのプロットは極めて単純で、むしろ見易い、といえるでしょう。とくに第一章以降は、遠藤秀夫の分身であるHE2によって一人称で語られる、謎の天体〝SS〟探査の旅の記録であり、『果しなき流れの果に』のような複雑な筋立てや凝った展開はみられません。

## 設定や装置、道具の多彩さ、解説の巧みさ

けれども物語の〝骨格〟の単純性とは裏腹に、いわば〝肉《しし》置《お》き〟の方は実に豊かです。〝SS〟やAEをはじめ、舞台や状況、登場するキャラクター、歴史的背景、理論的装置などの諸設定について詳細に説明される。極めて特殊で容易に想像できない事象も多く、

丁寧な解説が施されています。『虚無回廊』の〝肉〟の部分の多くが、こうした設定の説明に割かれています。あと〝肉〟で重要なのは〝問題〟の提起と共有です。状況など、設定に密接に関連して、さまざまな〝問題〟が提出されます。物語の進行に従って、その〝問題〟は解かれていくわけですが、この作品は未完に終わってしまったため、そのほとんどに関して、答えは出されず仕舞《じまい》でした。

それでも、設定自体やその解説が飛び切り面白く、「センス・オブ・ワンダー」を刺戟《しげき》するものであり、提起された〝問題〟もこの上なく示唆に富み、思考を喚起させるものであるために、『虚無回廊』は未完でも現代日本を代表するSFの傑作とされるのです。

例えばAEです。AEはなぜAIではないのか。人工実存は人工知能とはどこが異なるのか。そもそも実存、イグジステンスとは何か。

人間の意識や意志、知性を情報のパターンと看做《みな》し、それを機械にそっくり移転《トランスファー》するというアイディアを小松は初期の頃から持っていました。『未来の思想』の終章にこういう記述がみえます。

人類のつくり出した二次的環境――つまり情報的環境から、それを利用して生れて来たこの新種の「無機＝電波＝電流情報型」生物に、人間の〝種〟のもっていた〝情報〟のパターンを全部うつしとってもらい、その巨大な機械こそ人類のうみ出した直系の子孫であり、「未来の超人類」であるという祝福をあたえ、人類の到達できない未来、広大な宇宙へむかって送り出すかも知れない。（どうして彼らを「未来の超人類」でないといえようか？　生化学は、生命を「情報」であると教えた。こまかい点のちがいはともかく、もし人間の〝種〟の情報パターンを、「意識」のそれにいたるまでうつしとらせれば、それは人間の情報を〝遺伝〟した〝人間〟と考えてなぜいけないのか？　むろん、人間より情報効率の高い彼らは、彼ら自身の高次な合理性にしたがって、発動させないでおく部分もあるだろう。しかも彼らは、より多く人間をこえる情報をもつだろう。）（「終章「進化」の未来像」『未来の思想』中公新書）

小松SFで、主人公の分身と看做《みな》せるような機械が未知の天体に送り出されたのはこれが最初ではありません。例えば『結晶星団』では、「無機脳《ノンオーガニック・ブレイン》」なる学習性能の高いAIに似た「普遍機械」が、主人公アイの分身（「アイ2」）として宇宙の暗黒域に送り込まれています。けれども機械に「実存」を創発させるという試みが描かれるのは本作が初めてです。

『虚無回廊』の序章に描き込まれた遠藤秀夫とアンジェラ・インゲボルグによるＡＥ開発のプロセスで交わされたディスカッションには大変興味深いものがあります。

最初は、コンピュータの中に魂を生み出し、単なる「知能」を超えて「実存」の意識までも芽生えさせるという理念に意気投合した二人でしたが、やがて〝開発方針〟に齟齬《そご》が生じます。

> 彼女のアイデアの中では、知能は基本的に「生命」を基礎にしてうまれてくるものであり、「生命情報システム」のすべての遺産を学び、うけつぎながら、発達する事によって、その基礎にある「生命の可能性」そのものを高めて行くためのものだった。それに対して、彼の考えでは、「知能」ははじめから「生命」を越えている存在であり、「生命」という自然の条件が、この「永遠と無限」にむかってははばたく可能性を秘めている知能にあたえている制約からときはなしてやるのが、「ＡＥ」の目的だと思っていたのだった。（「序章　死を越える旅」『虚無回廊』（Ｉ）、ハルキ文庫）

この方針の対立は、二人の私的な生活、夫婦の関係にも微妙な影を落とし、やがて悲劇的な別離を招く契機になります。

## 「実存」は実在するのか？

ＡＥについては〝実存〟の存在性質をめぐる問いの前に、そもそも〝実存は在るのか〟という問いが先立ちます。

遠藤秀夫は世界連邦大統領の諮問機関である「宇宙倫理委員会」の技術倫理小委員会に招聘されます。〝ＳＳ〟に送り出すＡＥの開発者として見解を聴取し、意見を交換したいという趣旨での招きでした。この「宇宙倫理委員会」の設定について、小松は〝楽屋話〟を披露しています。

（『虚無回廊』序章の）あの時代には地球上の軋轢《あつれき》はほとんど収まってしまっただろうと。そのときに人間の知的フロンティアたる宇宙に総生産のどれだけを突っ込んでしまっていいものかという答えを出すための実に生臭い機関が、「宇宙倫理委員会」

なんだよね。あれはですな、大平内閣以来、政治の世界に引っ張り出されてきた経験がインテグレートされているんだ。（堀晃「インタビュー／小松左京かく語りき！」『SFアドベンチャー』一九八八年十一月号所収）

「大平内閣」とは、一九七八年に発足した大平正芳[*3]を首班、総理大臣とする内閣のことです。大平政権はこの半世紀で最も長期的な展望を示した点で、後期戦後の礎石を定めたと評価されています。小松は、長期的国家ヴィジョン策定のための大平総理の私的諮問機関の一つ、「文化の時代研究グループ」に参加しています。こうしたリアルポリティックにおける経験が、『虚無回廊』のような〝浮き世離れ〟した本格SFに反映されているというのは実に興味深い。

「宇宙倫理委員会」の小委員会のメンバーで一際《ひときわ》異色だったのは、代赭色《たいしゃいろ》の寛衣《かんい》を身に纏《まと》った僧形の人物でした。

僧侶は開口一番、こんな難問を突き付けたのです。「あなたのつくった〝AE〟は……」「〝死〟についての自覚は持っているか？」と。

「いえ……まだだと思います……」遠藤は口ごもりながらこたえた。「死について、知的理解はしていると思いますが……」

「〝死すべき自己〟についての絶望的自覚をぬきにして、真の実存というものは、なりたちうるか？」と僧体の人物はたたみかけるようにしてきいた。

「自己の存在の有限性、限定性、世界・時間内存在である事の自覚は、すでに形成されつつある、と思いますが……」（「序章　死を越える旅」、前掲書）

遠藤のこの答えは少し怪しい。そもそも遠藤にとって〝ＡＥ〟とは、生命体としての諸制約、諸条件を超えた、徹底した知性体であったはずであり、永生、即ち不死の獲得を目指す存在であったはずです。

僧の問いは遠藤のアイディアを根底から揺るがすものでした。

この僧形の人、タロ・ダキニ師はチベット仏教ゲルク派の高僧だった人物です。作中では「ラマ教の、黄帽派」とされていますが、この呼称は現在使われません。ゲルク派は、チベット仏教の大成者ツォンカパを開祖とする主流宗派で、中観哲学[*4]という洗練された「空の思想」を伝持しています。

いまの問答も印象的ですが、二人はより本質的な問題について語り合っています。まずダキニ師が「〝実存〟という一概念は、人間の存在の形式として、根源的あるいは究極的なものだと本当に思うかね？」と尋ねます。それは極めて西欧的なバイアスの掛かった概念ではないのか。例えばデカルト……。

「デカルト……ですか？」と遠藤は聞き返します。あるいはソクラテス、あるいはキルケゴール……。ダキニ師はさらに言葉を継ぎます。

「どっちにしても、それは、古代オリエントの〝荒野の叫び〟が、西欧近代で増幅されたものじゃないかな……。〝実存〟という形式だけが、人間存在を究極的に定義するものとは、私には思えんのだが――たしかに、ある手つづきにのっとって理づめにつめて行けば、その定義に到達するが、その手つづきそのものが、実は大変西欧的なパラダイムに滲透されているものじゃないかな……。〝理づめにつめる〟というその〝理〟そのものがな……」

「それ以外に、何か考え方があるわけですか？」

「西欧的な意味での、人間の〝個〟や〝自我〟というものは、本来ない、いかにもたしかにあるように見えるのは人間の迷妄《めいもう》だ、という考え方がある……。〝我思う〟といっても、その〝我〟は、実は個をこえた悠久の歴史の流れと、存在全体のある部分が一瞬考えているのかも知れない。だから〝我あり〟の恒久的な根拠にはなり得ない、という考え方が……」（「序章　死を越える旅」、前掲書）

ここでダキニ師が説いている、個我の実在を迷妄と捉える見方というのは仏教の無我説[*5]です。ただデカルトのコギト論（「我思う故に我あり」）に則って展開される後段には、独自の仏教理解の反映が認められます。つまり「個をこえた悠久の歴史の流れ」や「存在全体」を、実在し、思考する主体（「一瞬考える」主体）と想定しつつ、個我の実存（「我あり」）は否《いな》むという捉えです。厳密にいえば、仏教は我《アートマン》の実在のみならず、同時に、我を超えた大我（梵、ブラフマン）の実在をも否定しました。しかし、ダキニ師の理解ではアートマン（個人原理）は実体として斥けられても、ブラフマン（宇宙原理）の実体性は否定されないことになります。

このダキニ師との会話というか、問答を思い出して、遠藤は「ひょっとすると、〝実存〟という考え方そのものが、根本的にまちがっているのかも知れない……」という疑《ぎ》を抱くのですが、この根本問題について作品内では確答は得られませんでした。

小松はダキニ師について「オッド・マンを放り込んである」と述べています（「インタビュー／小松左京かく語りき！」、前掲書）。〝odd man〟というのは多義的な英語ですが、ここでは「外れ者」ほどの意味で使われているようです。「実存という考え方」に対して異を唱える、隠遁者的な雰囲気を帯びたキャラクターということでしょう。

ダキニ師の〝反実存論〟が「今後の伏線になっている」とも述べられています（「インタビュー／小松左京かく語りき！」、前掲書）。このインタビューは一度目の執筆中断前のものですが、結局実作中では、伏線は〝回収〟されませんでした。

ただ序章のラストで、年老いたダキニ師はアンジェラ・インゲボルグが作り、育て、遺したAE、アンジェラEと出会います。遠藤が身罷《みまか》って二十年の歳月が流れていました。恒星間航空研究所での、そのほんの束の間の邂逅《かいこう》のきっかけとなったのは、ダキニ師の独白のような言葉でした。先の問答を念頭に置きつつ、彼はこうつぶやいたのです。

「たった一度、話をしただけじゃが……その時わしは、彼に……遠藤秀夫に、何だか悪い事を吹きこんだような気がして、それがずっと気になっておった……」（「序章　死

を越える旅」、前掲書）

このダキニ師の〝気掛り〟のなかに、あるいは答えが潜んでいるのかもしれません。

## 天才ジェランの「一般自然言語」

ぼくはこれまで宇宙生命との遭遇をあんまり正面から書いてないんだよね。冒険小説の舞台を宇宙に置き換えただけのような、『スター・ウォーズ』みたいなものじゃなくて、太陽系以外の銀河系のなかでもいいし超銀河系のなかでもいいけど、本当に異質の生命系が発生していたとき、相互にコミュニケーションが可能かというのを一回やっとかなきゃいけないと思って。（「インタビュー／小松左京かく語りき！」前掲）

〝SS〟内部には、人類や人間型知性体とは懸《か》け離《はな》れた生命体、知性体が多数集っています。太陽系外の天体から訪れた彼らといかにしてコミュニケーションを取るかというのは、基本設定の構想段階でかなり考え詰められたはずです。

そこで物語内の理論装置として導入されたのが「一般自然言語」でした。作中ではミシェル・ジェランという天才が打ち立てた、となっています。遠藤は例の「宇宙倫理委員会」で初めてジェランと対面しています。

ジェランのキャリアの原点は音楽家でした。「八、九歳の頃から天才的音楽家としてデビューしながら、十代なかばで、生物学に転向」したとあります。「幼児から、異常なまでに鋭い音感記憶が注目され」、「人間の会話から街の騒音、自然音まであっという間に採譜し、コンピューター楽器に記録して、自由に操作する能力は、野外観察において、鳥や獣、蛙《かえる》や昆虫の鳴き声をききとり、その『意味』を読みとる上におどろくほどの成果をあげた」というのです。

音楽の才能が言語の才能を誘起し、音楽と言語、両方の才能が遺伝子コード読解の能力を開花させていきました。その抜きんでた才を、彼はまず「遺伝子言語のワードプロセッサー」ともいうべき「ジーン・シンセサイザー」の開発に注ぎます。そのマシンは、彼のイニシャルを冠して「MGジーン・シンセサイザー」と呼ばれました。

こうして「MGジーン・シンセサイザー」をつくり上げる過程で、彼は持前の天才を発揮して、遺伝子コードを、「譜のように読む」能力を身につけてしまった。二十種類のアミノ酸の連なりを、どこで切り、その一区切りがどんな種類の「言葉」や「文章」を指定するか、という事をほとんどひと目で読めるようになった……。

彼は、遺伝情報を書く一番大もとになるたった四つの記号素子《コドン》から、分子量何万もの、複雑な立体構造をもつ酵素やタンパク質がくみ上る過程や、その一次構造から三次構造までの階層の性質を理解するのに単なる「表記言語」的な構造だけでなく、音声言語の「音素」に相当するものや、さらに音楽的概念でいう「リズム」「ピッチ」「メロディ」「ハーモニー」さらに「トーン」や「音色」といった要素概念を導入していた。

一まとまりの「有意遺伝情報」——たとえば、特定のタンパク質や酵素の——においては、ある特定のもの同士の間で、「共鳴《リゾナンス》」という現象が存在し、それを媒介するのは、化学的過程だけでなく、「形態的」、あるいは「フォノン的」な過程で起る、という仮説だった。

あるメロディを奏する事のできる楽器としてのタンパク質があると、それに親和性をもつもの、モディファイするものがだんだん「寄って」きて、お互いに相手と調子やハーモニーを「あわせ」ながら、一つの大きな「楽曲」ができて行く、という説明をした。（「序章 死を越える旅」『虚無回廊』（Ⅰ）、ハルキ文庫）

この架空の〝理論〟の構成そのものが、ＳＦにしか醸し出せない美しさや興趣に満ちています。

## ＭＧ理論でファーストコンタクトに成功

不世出の天才、ミシェル・ジェランには「宇宙における普遍的な言葉の存在」が〝見えた〟のです。画期的名論文『一般自然言語』を増補し、理論を完成させたジェランは、次に「一般宇宙言語」の研究に取り掛かりました。ところが彼は「ちょっとした『しかけられたスキャンダル』」に嵌《は》まり、表舞台から退いてしまいます。

作家の瀬名秀明は小松の没後に、「しかけられたスキャンダル」の顚末を含む『虚無回廊』の前日譚《プリクエル》『ミシェル』を発表しました。ジェランを主人公とするこの中編は、全体が小松左京へのオマージュとして読める連作「新生」の一作で、『虚無回廊』のプリクエルであると同時に、『果しなき流れの果に』や中編『ゴルディアスの結び目』の後日談《シークエル》としても読めます（『新生』河出書房新社）。

ＨＥ２のＶＰ（仮想人格）のうちの一体「アスカ」が、ミシェル・ジェランの仕事を引き継ぎました。アスカは既成のＭＧ《ミシェル・ジェラン》の理論を自家薬籠中のものとし、さらに未完の「一般宇宙言語理論」を何段階か推し進めました。

彼はその理論にもとづいて、はじめての「相手のある実験」をおこなおうとしている。その相手は、バックグラウンドの「生命の基本構造」さえわからない「地球外知性体」なのだ。果して――私自身もまだ完全には納得《なっとく》しきれない、ＭＧ理論の基礎となる「グランド・ドグマ」が実際に通用するものかどうか……それは一種の賭《かけ》でしかない。（「序章 死を越える旅」、前掲書）

果たせるかな、アスカは〝ＳＳ〟近傍で遭遇した〝物体〟とのファーストコンタクトに成功します。ＨＥ２らはアスカの交信によって、その〝物体〟との間《あいだ》に友好的関係を確立し、それに導かれて〝ＳＳ〟内部に進入した。

ジェランの理論の正しさは、この意思疎通の成功で立証されました。

## 〝SS〟と宇宙構造のごみ捨て場

『虚無回廊』第四章の後半、〝ＳＳ〟内で宇宙の知的生命体による〝会議〟が開催されます。〝ＳＳ〟内で数万年前から自己増殖している古参の複合共生型知性体「森」の主催で、相互の協力体制の整備のために〝ＳＳ〟についての情報、知識を共有することが目的でした。

この〝ＳＳ〟内における会議の様子をみると、現に、国連から学会までさまざまなレヴェルで行われている国際会議を思い起こさずにはいられません。その異文化コミュニケーションの大変さもさることながら、もっと際立つのが、ＨＥ２ら地球由来の知性体の新参ぶりです。

人類が、はじめて「宇宙」の構造的、循環的規則性や漠然とした「秩序《ちつじょ》」に気づきはじめた時——もうその時は、このSSには〝森〟をはじめ、千年オーダーの「知的宇宙種族」が何組も飛来、移住し、「宇宙の規則性・普遍性」を破る存在としてのSSに、強い関心を抱き、探究をはじめていたのだった……。

その事を考えると、私は何か空漠《くうばく》とした思いにおそわれざるを得なかった。——それでも、太陽系第三惑星に……太陽系のその惑星にだけ発生した「生命」は、三十五億年という長い歴史の果てに、ようやく、「理づめの宇宙探査」を実行する段階にまで達し、ようやくSSという特異存在に注目して、間にあわせながら、ここへ、「調査システム」を送りこむことになった。——しかし、私が到着してみれば、そのアクションは、この近傍の銀河内空間の一般的動向に対して、「やっとぎりぎり」間にあった、というほかなかった。すべりこみもいい所だった。（「第四章 森林」『虚無回廊』（Ⅲ）、ハルキ文庫）

この会議で〝SS〟に一千年前に到達したという種族、ン・マ族の代表が演説を行います。この段階では仮説や推測も多く含まれているものの、ン・マ代表のスピーチでようやく〝SS〟の基本構造や来歴が明らかになります。先にその概容を紹介しましたが、再説しておきます。

われわれの属している「実宇宙」とは別に、「宇宙構造のごみ捨て場」のようなところから始まり、独自の進化を遂げた「虚宇宙」が存在します。その「虚宇宙」内進化の成果の一つが〝ＳＳ〟だというのです。〝ＳＳ〟は二つの宇宙が〝交通〟するための「通路」のような構造体なのではないか……。

そして――この数十万年、乃至数百万年の間に、ＳＳは、「虚実宇宙」の中での、新しい役割を果すべき段階にまで「進化」をとげた。「虚宇宙」と「実宇宙」の間に、新しいコンミュニケーション・チャンネルを、ある程度「恒久的に」維持し得る、「時空論理」を見つけ、それをオペレーティヴに「技術化」する――まだきわめて不安定なものだったが――原理と、それにもとづく「技術」を開発したのである。

（「第四章　森林」、前掲書）

この〝ＳＳ〟の設定には、小松左京が先行作に盛り込んだアイディアが多数生かされていました。例えば中編『結晶星団』。

実は「結晶星団」の六角柱を継いでいるのが『虚無回廊』の巨大な円筒形天体のSS（Super Structure）なんだ。「結晶星団」のときは単に見ただけだったけど、『虚無回廊』のSSは何か知的生命体を引きつけるものがあって、いろんなところから集まってくる。でも人間は寿命があるから、機械に自己意識を移してそれで行くのか、あるいは繁殖させるか。（『自伝』）

第4章（二一八ページ）でも少し触れたように、結晶状に恒星が配列する奇妙な天体、その巨大な六角水晶柱の中心部には「謎の暗黒」と呼ばれる「惑星ともつかず、ブラックホールともつかぬ」黒い天体が認められます。この暗黒域の正体は、創造主によってこの宇宙から刈り取られた可能性が閉じ込められる「汚物溜め」だったのです。

この超閉域のイメージは『ゴルディアスの結び目』の〝地獄〟の様相を経て、『虚無回廊』における虚宇宙の初期状態、「宇宙構造のごみ捨て場」という設定に繋がっていきます。けれども『果しなき流れの果に』にはまだ登場していません。『神への長い道』では、「あるいは……ひょっとしたら……」という微かな可能性として、神に進化する道を閉ざされた者たちの「希望」が語られます。ここで芽生えた発想が次第に実体性を帯びていって、おそらく『結晶星団』辺りで小松の「宇宙構造探究系」ＳＦの要素、モーティヴに加えられ、作品に生かされるようになったのでしょう。

## 原型となった『雨と、風と、夕映えの彼方へ』

他方、ン・マ族代表の〝ＳＳ〟の構造説明の鍵概念である「実宇宙／虚宇宙」という発想は、『果しなき流れの果に』に出てくる「存在の鏡」「虚像の自立性」という、意識についての仮設を萌芽とし（本書第2章）、『雨と、風と、夕映えの彼方へ』でテーマとして前面に押し出されます。

この重要な短編は、宇宙空間を航行中に遭難した貨物船の乗組員が主人公の話です。その船は雨の降りしきる惑星に不時着します。主人公は、同僚の老人とともに救出を待ちますが、雨が上がると老人は姿を消してしまう。次に風が舞うなかで現われた男も、風が止むと同時に褐色の岩塊になります。夕映えに照らされながら現われた異星人は、この星が〝虚空間《イマジナリイ・スペース》〟のなかにあると主人公に告げ、巨大な砂山に姿を変える……。イマジナリー・スペースという考え方がここで登場してきます。

宇宙構造に関する理解が人類よりも遥かに進んでいる異星人は、虚数の概念を引き合いに出しながら、この空間の特徴を主人に説明します。

「《〝虚数〟というのは、〝実数〟に対する言葉で、〝実際には存在しない数〟という意味だね。——しかし、その〝存在しない数〟を、君たちの文明はずいぶん便利なものとして実用的に使っているはずだ》」「《〝実際に存在しないもの〟が、どうしてそんなに〝実用的〟なのかね？》」（『雨と、風と、夕映えの彼方へ』『結晶星団』所収、ハルキ文庫）

そして虚数が英語では、イマジナリー・ナンバー、〝想像された・架空の・数〟と呼ばれることを思い出させ、こう説いていく。

《パターンやイメージというのは——たしかに、知覚的実体をもとにして組みあげられた空間では、実体に附随してのみ存在でき、独立しては存在しない。しかし、虚空間《イマジナリイ・スペース》では、実体をはなれ、それ自身として存在し得る……。むしろ、この空間へは、パターンやイメージだけがはいりこめて、質量のある実体ははいりこめない。

ブラック・ホールのまさに逆で、私たちは、イメージ・ホールとよんでいる……》

ということは「ぼくや……あなたの体は……」実空間、リアルな空間ではどうなっているのか……主人公は苦しい問いを発します。「《あちらの世界……知覚的実体の世界では、もう死んでいるだろうな》」。

《虚空間《イマジナリイ・スペース》は、ふだん、外からはまったくその存在がわからない。それはブラック・ホールと同じだ。ただその周辺の〝場〟に、ある範囲まで近づくと、〝実体〟は、虚空間場の一部を通って、遠くへ転送され、もしその中に、イメージやパターンをもつものがあれば、それだけが、この〝イメージ・ホール〟へおちこんで行く。この内部では、実体ぬきでパターンやイメージが保存されるが、もう二度と〝実体世界〟に帰って行く事はできない。君なら君という、君自身が自分だと思っているイメージは、生理的存在としての、あちら側の君へ帰る事はできない……》（同前）

「この空間で、自己存在というのは、イメージに附属し、それをプレイバックする小さなバッテリイのようなもの」と悟った主人公は、しかし諦めきれず「彼の〝自己意識〟は、ここで、『放電されないバッテリイ』として闇の中に存在しつづけ、やがてこの空間に吸収されて行くだけなのか？」と自問します。そして「まったく別の秩序をもった宇宙のイメージをつくり、そこには、おれの自己意識がパターンをくずさずはいって行ける、という条件をつけ加えれば」、「ここから、おれの自己意識は、二度ともとの世界にはもどれない。しかし、ひょっとしたら、ここからさらに別の世界へは、脱出できるかも知れない」と想到し、イメージの力に望みを託します。そして必死になって「新たな宇宙」「まったく別の秩序を持った宇宙」誕生のイメージを思い描くのです。

　そのイマージネティヴな冒険を試みた彼の前に「白光に輝く道」が現われ、「眼も眩《くら》むような大爆発」が起きます。

　——その瞬間、一つの「かつて存在した事のない新たな秩序を持った宇宙」の創造に燃焼しつくされた彼の自己意識は、光と素粒子となって、吸収され、四散した。その秩序のどこかに、彼のねがった、彼自身の「自己意識」の痕跡《こんせき》を、かすかに残しつつ……。（『雨と、風と、夕映えの彼方へ』）

## 書かれなかった結末

イメージを極限まで励起することによって新しい宇宙を創造する……。この文字通り奇想天外な構想はいかにして導出されたのか。「科学と虚構」（前出）という後期の最重要論考で、その着想の一端が述べられています。

「もちろん観測し得る宇宙において、空間＝長さも、時間も、素粒子の質量＝エネルギーも、速度も実数である。しかし、ある種の現象や素粒子のふるまいには、あたかもこの実空間の裏に、『虚空間』があって、その中に共軛《きようやく》点といつも関係しているように見えるものがある」「ここで複素数における『虚部』と『実部』の関係を『物語性』における『虚体験』と『実体験』の関係に反映させたらどうなるだろうか？――いまのところ、まだ、比喩的でしかないが、二つの関係の中に、いくつかの類似性や興味ある点が指摘されそうである。実数の範囲では解が得られないある種の方程式が、虚数を加えることによって、ちゃんと二つの解があたえられるように、個的意識存在の限界内に閉じこめられている

『実体験』の範囲ではけっして体験できない、もう一つの体験――『虚体験』が『物語』の中ではあたえられる。鏡にうつる左右逆で、鏡面を境にして等距離むこう側にある自分の『虚像《ヴァーチュアル・イメージ》』を見るように、虚体験を通じて、自分自身の現実体験のつらなりである『人生』も、一つの『物語』や『ドラマ』としてイメージすることができるようになるのだ」

一見、あくまで物語性を解析する批評文のようにも読めますが、このように方法論として提示された理屈が、物語内部における「現実」を侵し、そこにおける階層や境位を壊乱させていく、というのが小松が得意とする趣向の一つです。『虚無回廊』の〃SS〃の正体解明の鍵、「実宇宙」や「虚宇宙」、「複素宇宙」といった優れてメタフォリカルな理論的装置も、やがて物語内「現実」へと再転写され、その進展の軸になっていくはずだったのかもしれません。

『雨と、風と、夕映えの彼方へ』が『虚無回廊』の原型的作品であることは、『小松左京自伝』の発言から推すこともできます。『虚無回廊』についての言及に付して、小松は「今のルールの宇宙よりもっとすばらしい宇宙の再生の可能性がどこかにあって、人類の文明は完全ではないけど実はそのひとつであり試みである、という考え方はできるだろうという気がする」と発言しています。これを受けて小松作品をよく読み込んでいるインタヴュアーが「そのモチーフは『雨と、風と、夕映えの彼方へ』（一九八〇）からの発展ですね」と念を押しています。

『結晶星団』『雨と、風と、夕映えの彼方へ』などの先行した中編、短編、そして「科学と虚構」における虚数論、複素空間論を参照すれば、書かれなかった『虚無回廊』の帰趨が想像できるような気もします。とくに虚数（〝imaginary number〟）は本作において極めて重要な意味を持つ概念らしく、機に応じて引照してきた「ＳＦアドベンチャー」誌のインタヴューで、堀晃に「各章のタイトルに『*i*』という虚数が出ていますよね。あれは『複素平面に描かれた絵』みたいな解釈でよろしいんでしょうか？」と訊かれて、小松はこう答えています。

「章のタイトルについては、そうです。その通りです。虚数の『*i*』は何の頭文字か調べたことがあって、『イマジナリー・ナンバー』の『*i*』なんだ。『イメージ』『イマジネーション』なんかと同じ語源なわけ。」「〈虚無回廊〉の『虚』は『イマジナリー』で、『無』

は『ナッシング』、『回』と『廊』はそれぞれグルッとまわっているのとストレートなのとふたつの通路ですね」「『イマジナリー』を日本語、漢語に置き換えると何で『虚』になるのか。『無』というのは『虚』と『実』の間の原点みたいなものだよね。『虚実皮膜論』じゃないけど、『無』をはさんで『虚』と『実』が向かい合ってる……」(「インタビュー／小松左京かく語りき！」、前掲書)

なお付言しておくと、ン・マの代表の〝SS〟の発生と構造に関するスピーチでは、「宇宙の晴れ上り」など現実の宇宙論に対応していると思われる概念にも触れられますが、同時に空洞《ボイド》発生についての仮説など、〝SS〟成立の理論的根拠を探る議論が展開されます。この辺になるとHE2、アスカらVPの科学や数学の水準、即ち地球型知性体の、つまり私達の科学や数学の水準では理解が十分に及ばない部分が出てきます。例えば、ン・マ族が使っている複素数学(「拡大複素空間解析」とでもいうべき形式)には、複素数の定義($z = a + bi$)に含まれる虚数単位$i$の他に何か別の概念が付け加えられているとある。それは実数、虚数以外のいわば「第三の数」「転換子《コンバーター》」で、「それをつけくわえると、ゼロと無限大が等価にあつかえる」もののようです。

**物語の円環は閉じられた。しかし……**

『虚無回廊』第四章のラストは序章冒頭にリンクし、未完ながら円環が閉じられたような印象を結びます。つまり〝始まり〟に年老いた遠藤秀夫が窓からみた、一匹の亀が遥か灰色の雪山聳《そび》える対岸を目指して凍《い》てるような湖を泳ぎ渡ろうとしている光景は、〝終わり〟に「私」、HE2が瞑想空間《メディテーション・スペース》で幻視したヴィジョンにそっくりなのです。以下が遠藤の見た「光景」です。

――これから、どこか冬眠する場所を探しに行くのだろうか？……あんな島も中洲もない湖の真中に、冬眠できる場所があるわけはないし……ひょっとしたら、彼は、あの灰色の雪山にむかって、広大な空間を泳ぎわたろうとしているのだろうか？……途中で必ずおそってくる冷たい〝死〟を覚悟しながら……。

――だが、もし……もし彼が、万が一にも、この湖水を泳ぎわたり、ごつごつした岩だらけの雪山の麓《ふもと》に到達できたら……そうしたら、彼の生は変るのだろうか？それとも――途中で挫折《ざせつ》した場合とまったく変らない、冷たく、疲れ果てたみじめな死にとらえられるだけだろうか？……辛《かろ》うじて、湖水を泳ぎわたった、空間を征服した、という自己満足と、誰《だれ》に知られる事もない小さな栄光だけが報酬《ほうしゅう》の……しかし、それでも、その達成は、彼の生にとって、はじめから試みないよりは、その有限の生の内実を、よりかがやかせたものにするだろうか……?（「序章　死を越える旅」『虚無回廊』（Ⅰ）、ハルキ文庫）

しかし大きく違っている点もある。HE2が見たヴィジョンにおいて、泳いでいる亀は、実は彼自身であり、それを誰かが、おそらく過去の遠藤が見つめているという構図になっています。

それは、どこかで見た事のあるような幻覚だった。しかし、私自身が直接見たものではあり得なかった。——私は、その光景を見ているようで、実は誰かが見ている光景であり、私はその見られている亀《かめ》なのであった。孤独で、長い、身も意識も凍りつきそうな、「亀である私の意識」の前に、対岸の雪におおわれた巨大な岩がせまって来た。しかし、その岩の水際には、大きな、かすかに湯気を放つ洞窟《どうくつ》が、ぽっかりと口を開け、私はその洞窟にむかって懸命《けんめい》に泳いで行くのだった。洞窟の奥に、何か別

の次元のものがあるような予感にせかされながら。（「第四章　森林」『虚無回廊』（Ⅲ）、ハルキ文庫）

小型爬虫類が冷たい冬の湖面をわたっていくような苛酷な探究行の果てに、現在の宇宙のリミットを超える「別の次元」のとば口に辿り着く……。幾つかの小松SFで繰り返されたストーリーがここでは象徴的に示されています。このヴィジョンをなぞるように『虚無回廊』の物語は続いていくはずだったのでしょうか。遠藤とHE2は亀の、必死に〝どこか〟に泳ぎ着こうとするその姿に〝自己〟の運命《ディスティニー》を重ね合わせたのでしょうか……。

## 目的論への傾向

小松左京の進化観は非常に目的論的だと指摘されることがあります。これまでみてきたように、作品世界を貫く思想が、目的論に大きく傾《かし》ぐものである点は否定できないでしょう。この性向は進化論に留まらず、宇宙論や実存観にも及びます。しかし目的論的説明というのは、ノーマルな科学が――それが自然科学であれ、社会科学であれ――極力回避しようとしてきたものなのです。このことは小松自身もとりあえず承認しています。次の一節が『未来の思想』に読まれます。

個々の現象は、それぞれがすべて同じ「目的」にむかって進んでおり、それが集積されて、全体として「方向性」をもった巨大な流れを形づくるのではない。個々の現象は、すべてが「はかり知れぬ創造者の配慮」によって出現した時から、「神のさだめたもうた全宇宙の最終目標点」にむかって進むように「方向づけられて」いるわけではない。そういう究極の「オメガ点」（ティヤール・ド・シャルダンのことば）がかりにあるとしても、有限な人間の現象観測の範囲内では、証明不可能である。（「第二章　神と未来の崩壊」）

かくのごとく一般的な科学観を押さえた後に、彼は「しかしながら……」とそれとは異なる見方を逆接するのです。

しかしながら、有限な（いいかえれば「科学的な」）現象観測範囲内でも、明らかに現象展開の中に一つの方向性が見出される。個々の現象は、それが「素粒子」であれ、「生命」であれ、それぞれ「現象系自体を保存しようとする傾向」をもっているが、この「系を保存する傾向」は、個々の現象においてそれぞれまったくバラバラな方向性をもっており、少しも統一的でない。

しかし、それにもかかわらず、これらのてんでんばらばらな方向にうごく現象が、お互いに自己を保存しようとして衝突し、競争しあっているうちに、その運動が全体として整理され、いくつかのある幅をもった特定の傾向だけが保存され、この中に収斂《しゅうれん》されて行く。こうして、混沌の中からある秩序がうまれてくる過程、無数の現象系をふくむ「全体」の系がより混乱した状態から、より整理された状態へと段階をすすむ方向性——いわば混沌の中から「歴史」が生じてくる方向性をもった系全体の変化を「進化」と見なすのである。（同前）

評論文にはまだ、近代科学の自然観と目的志向性との調和を図る努力が認められます。然るに作品世界では、あからさまに目的が求められました。このように……。

なぜ、無限の星の中で、ある限られた星だけが、生命体をになわなければならないのだ？　なぜ、生命体のある種《スペシイズ》だけが、知性とよばれるものを発達させねばならんのだ？　なぜ、君は存在し、ここに存在しなければならんのだ？（「第四章　審判者」『果しなき流れの果に』ハルキ文庫）

これらの「なぜ」に〝答え〟がある、というのです。〝それは偶然の結果に過ぎず、「しなければならない」という当為などどこにもない〟と切り捨てるのではなしに……。

小松作品の登場人物たちは問い掛けます。生命進化には本当に何の目的もないのか。知性が宇宙に生じた意味とは何か。知性の目指すところは何なのか。人類の文明はどこに向かうのか。宇宙は何のために存在するのか。私はどうしていまここに在るのか……。「だが、なんのために？」

そうして、留保付きだったり、暫定的であったりはしても、その都度、何らかの〝答え〟は出される。つまり宇宙の、生命の、知性の、実存の、意義＝目的《テロス》が示されるのです。

## 「人間原理」と「現代の神話」

あるいは〝小松思想〟には「人間原理《アンソロピック・プリンシプル》」への傾斜がみられるともいわれます。

確かに、いま一部の宇宙論の研究者によって唱えられている「人間原理」は、この宇宙の生成や構造について、人間の生存を基点に説明します。例えば「宇宙の物理法則や物理定数が人間の生存に適しているのは、もしそうでなければ人間が宇宙を観測できないからだ」などと主張される。近年では、この仮説を取り入れたり、参照している本格ＳＦも増えてきました。小松作品はその先駆というわけです。

けれども、この説を理解するうえで間違ってはならないのは、あくまでこれは「宇宙の諸性質が人間存在のための必要条件である」という主張に過ぎないということ。これを逆転させて「人間存在が宇宙の諸性質のための必要条件である」という主張に変換することはできないということです（三浦俊彦『論理学入門』ＮＨＫブックス）。

従って「人間原理」は目的論的宇宙観とは相容れません。とくに「強い人間原理」はマルチバース（多宇宙）を前提にして、物理法則や物理定数のファインチューニング（微細調整）を説明します。哲学者の三浦俊彦はその眼目を次のように噛み砕いてみせます。

> 偶然に物理定数が決まるようなさまざまな宇宙がどんどん生まれてゆく。そうした「マルチバース（多宇宙）」全体の中にあるのは、生物など到底生み出せない混沌とした宇宙ばかりだろう。しかし稀に、知的生命が進化できるような物理定数の組み合わせも実現されることだろう。誰かが狙ってやったわけではなく、下手な鉄砲も数撃てば当たる的な、盲目的な物理プロセスによって自然にそうなるだけ。私たち観測者は、結果的に、そういう宇宙にしか生まれることはできない。その環境を内部から見れば、「全体が自分のためにうまく微調整されている」かのように見えてしまう。（三浦俊彦『エンドレスエイトの驚愕　ハルヒ@人間原理を考える』春秋社）

「強い人間原理」説が、生物の進化に関する自然選択説に似た論理構造を持っていることは明らかです。三浦のいうように「偶然論かつ結果論に徹したダーウィン的世界観」であり、「宗教じみた目的論には程遠い。観測者の存在はあくまで結果であり、この宇宙が原因」「結果の説明によって原因の説明を導き出しているだけ」なのです。

「人間原理《アンソロピック・プリンシプル》」は名称から誤解されるような、人間中心《アンソロポセントリック》の仮説ではないのです。

一方で、小松が暗黙的に採っているのは、あくまで、この宇宙を前提とした、むしろ人間中心のアルカイックな宇宙論に近づく立場のようです。

また、しばしば小松SFには「並行宇宙」や「別の宇宙」「新しい宇宙」などが舞台設定や理論的装置として登場しますが、これらの想定は「強い人間原理」が前置するマルチバース論とは理路が異なっています。なおかつ、小松SFで知性体は人間に限定されないので、「知性体原理《インテリジェンス・プリンシプル》」といった新語を立てるべきかもしれません。

目的論と知性体原理。どちらの志向も、現代においては科学的というよりは、宗教的、神学的といえます。もちろんこれらを大前提に据えなければ、「大きな物語《グランド・ナラティブ》」を構想しづらいという事情もあるでしょう。また文学によって科学を相対化するために欠かせない理念転換の局面でもあります。

　小松は最古層の神話発生の理由を探る文章で次のように推論を立てていました。


　神話の中に集団の秩序維持とか、宗教的・心情的連帯感の保証とかいった、実用的な意味や役割りをはなれた「起源神話」とか「説明神話」というものがたくさんふくまれ、それがよりプリミティヴな層を形成している所をみると、神話というものは、やはり、人間の大脳の中に、所与においてふくまれている根源的能力と傾向——ある事象に対して、「なぜか」（どうしてそうなったか）といった疑問を抱いてしまい、それの答えを発見しようと、あれこれ理屈を考える、といった、どうしようもない傾向に由来するものではないかと思います。（「未来社会の文学」高橋和巳編『文学のすすめ』所収、筑摩書房）

かかる意味において小松ＳＦは「現代の神話」と位置づけられるのです。

＊＊＊

ジャーナリストの柴山哲也は、フランス文学者で高名な批評家だった桑原武夫が京都大学で「文学概論」を講じていたとき、レポートの課題として出した「文学は、はたして人生に必要か」をめぐって、こう推しています。桑原の問い掛けは、講義を受けていた高橋和巳にとって何か決定的な意味を持ったのではないか、と。このテーマに「高橋は終生こだわりつつ文学と自分の作品に対峙していたのではないか」と（『新京都学派』集英社新書）。もう一人、こんなアポリアを生涯手放すことなく探問し続けることになる受講生がいました。いうまでもなく高橋の無二の友、小松左京です。桑原の出題に対する、彼の、おそらく最終的な回答とも取れる言葉を最後に掲げておきましょう。

僕は救済のための文学を志すのは意味があるけれども、文学による救済というのはあり得ないという立場だった。すると文学は一時の慰撫、慰めなんだけど、それでいいじゃないかと。つまり、今ここにある苦しみを文学作品で置き換えるという理解なんだ。でも、人間は文学、物語というものをどうして編み出したのか。やはり何か人間性の大きな肯定が、文学を志す者の基本的な心構えの中に要るだろうと思うんだね。——小松左京（『自伝』）

**＊1　ハイゼンベルグ**
一九〇一〜七六。ドイツの理論物理学者。原子核の周りを回っている電子の位置を観測するために、ガンマ線を使った顕微鏡を使用するという思考実験を行った。

**＊2　思考実験《ゲデンケン・エクスペリメント》**

ルビはドイツ語で思考実験を意味するGedankenexperimentの音訳と思われる。「ゲダンケンエクスペリメント」とするのが一般的。

**＊3 大平正芳**

一九一〇～八〇。日本の政治家。香川県出身。東京商科大学卒業後大蔵官僚となり、一九四九年池田勇人格の秘書官として政界入り。五二年衆議院議員。七八年、最初の全党員参加方式による総裁選で福田赳夫を破り、十二月に総裁・首相となる。元号法の制定、東京サミットの開催など順調に推移したが、一般消費税の導入は世論の反対で挫折。八〇年、大平内閣二回目の総選挙のさなかに死去した。

**＊4 中観哲学**

龍樹（ナーガールジュナ、一五〇頃～二五〇頃）を始祖とし、『般若経』の「空」の思想を特に重視する考え方。精神的・物質的な構成要素と、それによって構成されるすべてのものは、他に依存して生起するのであって固有の本質をもたないと説く龍樹の主著『中論』に由来する。

**＊5 無我説**

仏教における、固定的な自我や自己は存在しないとする説。人間を色（物質的要素）、受（印象作用）、想（表象作用）、行（意志作用）、識（悟性作用）という五つの要素の集積とみなし、それぞれが無常であり、それゆえ苦であり、変化するので、自我ではありえないとする五蘊の考え方などがこれにあたる。

## 世界と出会い直すために——あとがきにかえて

気鋭の哲学研究者、近内悠太氏の著書『世界は贈与でできている』（NewsPicks パブリッシング）のなかに、ＳＦとは「逸脱的思考」を具象化してみせる文学形式である、という意味のことが書かれている。

ここでいわれる「逸脱的思考」とは何か。近内氏の論脈に従えば、「言語ゲーム」の裡《うち》において、私達は何かを意図したり、何かを行ったりしている、という認識が前提となる。

野球を例に取ってみよう。「ストライク」とか、「ボール」とか、「アウト」といったルールを表示する術語は、実は野球を実際にプレイしてはじめて、それらの機能が定まる。つまりプレイという行為がまずあって、「規則」や「意味」は事後的に見出される……。

この説明は、彼の専門であるウィトゲンシュタインの後半生の思考に倣うものだ。

近内氏やウィトゲンシュタインの「言語ゲーム」論の眼目は、この世界の成り立ちも、実のところ野球の場合と変わらないとする点だ。

「痛い」という言明すら同断である。「痛い！」という発話は、一般に「この私」の身心に起こっているある事態を記述し、表出する行為だと考えられている。しかしそれは錯覚だ、とウィトゲンシュタイン＝近内はいう。その発話は純粋に内的な（私秘的な）事態の単なる報告ではなく、何らかの「対処を求める」行為なのだ。

もし誰かが「痛いっ！」と呻《うめ》けば、それを自明の事として周囲の人々は何かを履行する。例えば、「大丈夫ですか？」などと心配顔をしてみせる、医者を探す、救急車を呼ぶ、鎮痛剤を渡す、同情する、無視する……といった行為を遂げる。「痛い」という言明は、何かを意味するのではなく、他者に行動を起こさせるために機能する。まさに「痛みの概念は、それがわれわれの生活において果す固有の機能によって特徴付けられる」のだ（『断片』第五三二節『ウィトゲンシュタイン全集 9』所収、大修館書店）。

われわれの生はこうした「言語ゲーム」の裡にあり、換言すれば「むしろ僕らはこの言語ゲームの中に閉じ込められている」（「第5章 僕らは言語ゲームを生きている」、前掲書）。

そして近内氏のいう「逸脱的思考」とは、この「言語ゲーム」を織り成す、世人が自明と承認している「世界像」の要石をズラしてみることだ。例えば「地球の自転」という自明事が忽如として失われてしまったらどうなるか？

そこで近内氏は小松左京の短編『夜が明けたら』のプロットを紹介する。「地球の自転」が停止したら、われわれの日常がいかに変容するかを描述した物語だ。

> 多くの人にとって「地球の自転」は、教科書でそう習ったものでしかありません。でも絶対に正しい。
>
> これを正しいものとして採用していることが僕らの言語ゲームの基礎をなしています。というより、それを鵜呑みにすることによって僕らの生活、すなわちさまざまな言語ゲームが成立しているのです。（「第7章　世界と出会い直すための『逸脱的思考』」、前掲書）

「地球の自転」を自明の事とする「世界像」が崩れたとき、その影響は「言語ゲーム」の他の箇所にも及ぶ。「言語ゲーム」はホーリスティックに相関するものではないが、類縁性が広範囲にわたっているため、一つの「世界像」の綻びの影響は甚大なものとなる。

では、「夜が明けたら」は何を問いかけているのでしょうか。なぜ地球の自転を止めたのでしょう?

僕らがこの世界と出会い直すためです。

世界の論理の歯車がたった一つ狂うことで、この世界全体が悪夢へと簡単に変わってしまうことを教えるためです。(同前)

これは、小松の『拝啓イワン・エフレーモフ様』に書き付けられていた、SFが好んで滅亡的事態を描く理由と基本的に同じである。本書第3章で引用したが、再度確認しておこう。

〈破局〉を設定することによって、はじめて人間が、人類が、そのモラルが、社会機構や文明や歴史が、いわばこの世界が〝総体〟として問題にされるのです。世界がその全貌をわれわれの前に現わすのは、それが総体的に否定される時であり、〈破局《カタストロフ》〉の仮定は、単純でしかも力強い否定の様式の一つにちがいありません。(『拝啓イワン・エフレーモフ様』)

「この世界が〝総体〟として問題にされる」とは、即ち「この世界と出会い直す」ことに相違ない。ＳＦの想像力とは「逸脱的思考」を作品として結晶させるものであり、取りも直さずそれは、世界と出会い直すための文学なのである。

本文では詳しく触れなかったが、小松ＳＦには、日常においてはその存在について疑うよすがもないような事物がなくなってしまう、というプロットが少なからずみられる。


小松は世界像の破壊というＳＦを通して、僕らの生存を下支えしていた「透明だったもの」（＝世界像）を可視化させます。

致死性ウイルスの蔓延によるパンデミックを描いた『復活の日』や、題名通り日本人が国土を失う『日本沈没』をはじめ、『こちらニッポン…』『首都消失』、短編では「アメリカの壁」「物体Ｏ」。

いずれも「遮断／停止／喪失」がそのＳＦ的設定として用いられています。（「第8章　アンサング・ヒーローが支える日常」、前掲書）

「遮断／停止／喪失」の義を少し広く取るならば、最初期の小編『紙か髪か』をはじめ、『新趣向』『日本売ります』『お召し』『日本漂流』『第二日本国誕生』『本邦東西朝縁起覚書』『返還』『静寂の通路』『歩み去る』などもこのカテゴリーに入れられるだろう。

なかんずく『新趣向』は、ある意味で「言語ゲーム」的状況そのものをメタフォリカルに表現することで、その全体を異化していると解釈することもできる。SFという自由度の高い表現手段は、「世界像」の一つを破壊するのみならず、「言語ゲーム」そのものを可視化し、異化してしまうことすらできるのだ。

いずれにしてもそれらの物語においては、あまりに自明であるため意識に上《のぼ》せらるることもなかった「透明」な「世界像」が打ち砕かれ、混濁した不透明な世界が現出する。

そう想像することこそが世界と「出会い直す」契機となる。小松左京が実然的とされる世界のあり方に対して、イマジナリーな世界像や本質的に異なる現実の可能性を対置してみせるのは、そのような「出会い直し」の機会に出会わせるため、なのである。

小松にとって意想外で、そして少しばかり不幸だったのは、「言語ゲーム」を異化してみせるために仕込んだ、あり得そうでありえない破局なのに、その設定に近い事態が実際に出来《しゅったい》してしまったことだろう。その都度、彼の小説が「予言の書」として思い出され、話題になり、多くの読者を獲得するところとなった。

例えば、地震や噴火、津波による大きな災害が起こる度に『日本沈没』が参看され、アメリカに孤立主義《アイソレーショニズム》を標榜する政権が登場するや『アメリカの壁』が読み直され、新型ウイルスを病原体とする感染症が流行すれば『復活の日』が改めて話題になる、といった次第である。

そうした接し方が間違っているというのではない。さらに物語の表層の奥にある小松左京の思想を読み取って欲しい。件《くだん》の若き哲学者のように。そんな思いを込めて本書を執筆した。これは小松左京氏へのささやかな恩返しである。

NHK出版の本多俊介、NHKエデュケーショナルの秋満吉彦、アルターブレインの山下明良、舛屋有紀子の惜しみない助力に衷心より感謝する。

宮崎　哲弥

編集協力　八尾久男
図版作成　小林惑名
校閲　北崎隆雄
DTP　福田光一
山田孝之

宮崎哲弥 みやざき・てつや
1962年、福岡県生まれ。評論家。
相愛大学客員教授。慶應義塾大学文学部社会学科卒業。
専門は仏教思想・政治哲学。サブカルチャーにも詳しい。
『仏教論争——「縁起」から本質を問う』(ちくま新書)、
『ごまかさない仏教——仏・法・僧から問い直す』
(新潮選書、佐々木閑氏との共著)、
『宮崎哲弥 仏教教理問答』(サンガ文庫)など著書多数。

**NHK出版新書 629**

いまこそ「小松左京」を読み直す

2020年7月10日　第1刷発行

著者　宮崎哲弥　©2020 Alter Brain

発行者　森永公紀

発行所　NHK出版
〒150-8081東京都渋谷区宇田川町41-1
電話 (0570) 002-247 (編集) (0570) 000-321(注文)
http://www.nhk-book.co.jp (ホームページ)
振替 00110-1-49701

ブックデザイン　albireo

印刷　壮光舎印刷・近代美術

製本　二葉製本



Printed in Japan ISBN978-4-14-088629-8 C0295